彼女が知らない隣人たち

JN230966

角川文庫
24401

目次

一章　日々の風景

坂を上り切ると、街の半分が一望できた。

一望するたびに口を窄《すぼ》める。この住宅団地に越してきてから十年。いつの間にかついた癖だ。

人口百万を僅《わず》かに超える県庁所在地の都市は高層の建物を中央駅付近に集め、遥《はる》か遠くに連なる山々を城壁のように巡らせていた。

山裾《やますそ》を蛇行しながら流れる川の水面《みなも》が煌《きら》めいている。五月に入ってから力を増した陽光は、七月半ばの今、さらに猛々《たけだけ》しくなったようだ。川面なら白銀色の眩《まばゆ》い帯にも見えて美しくはあるが、人の肌は光を弾《はじ》かない。刺すように熱いと感じるだけだ。

咏子《えいこ》は大きく息を吐いた。

坂を上り切って振り返り、束の間、街を眺める。

これも、十年の間に習い性になっていた。

きっかけは夕焼けだった。

十年前。

宅地造成されて間もなかった『白梅林団地《しらうめばやし》』の一画に豪邸……とはお世辞にも言えないが、瀟洒《しょうしゃ》な外見の一戸を建てた。引っ越してきた当日だったか、翌日だったか、一週間後だったか忘れてしまったが、この坂のてっぺんで夕焼けを見た。まだ幼かった翔琉《かける》の手を引いていたのは覚えている。

空が赤く輝いていた。赤は一色ではない。朱、紅葉、茜《あかね》、小豆《あずき》色と、山際から天の中ほどにかけて徐々に濃く暗くなっていく。東の山近くは既に紫に変わっているだろうと思った。その空の下、街は夕焼けに染め上げられて、紅色の紗《しゃ》を一枚ふわりと被《かぶ》ったかに見えた。現実とは思えない、不思議で壮麗な風景だった。

見惚《みと》れていた。

こんな綺麗《きれい》な風景を足元にして暮らせるのだ。そう思ったとたん、何とも言えない幸福感を味わった。この世の幸せの全てを手にした気分になる。一戸建てに住むのは、子どものころからの夢だった。

破れた障子とも、けば立った畳とも、雨漏りとも、季節にも天候にも拘《かかわ》らず漂っている饐《す》えた臭いとも、すすり泣きや悲鳴や怒声とも無縁の場所に、新しくて清潔で洒《しゃ》落《れ》ていて、みんなが笑っている場所に行きつく。いつか、いつか、いつかきっと。

胸の内にずっと抱いていた夢が叶《かな》った。夢が叶って、こんなに美しい風景を見渡している。

詠子は胸を押さえていた。身の内を貫く喜びに鼓動が速まり、息が苦しかったのだ。その息苦しささえ幸せの証《あかし》だと信じられた。わたしは怖いほど幸せだと、呟《つぶや》く。

「ママ、おしっこ」

翔琉がか細い声を上げ、見上げてきた。尿意をずっと我慢していたらしい。

「漏れちゃうよぉ」

「あらあら、大変。ごめんね、ぼんやりして。早くお家《うち》に帰ろう」

息子の手を引いて走り出す。前を押さえた翔琉の恰好《かっこう》がおかしくて、笑い声が漏れた。「お家に帰ろう」。自分の口にした一言と笑い声に、また、心が震えた。

あれから十年だ。

翔琉はもう高校生だ。引っ越して二年後に生まれた長女の紗希《さき》も小学三年生になった。自分自身は間もなく四十の誕生日を迎える。夕焼けの風景に息を呑《の》むことはあっても、突き上げるような幸福感を覚えることはもう、ない。それでも、坂の下の停留所でバスを降り、坂道を上り切ると立ち止まってしまう。立ち止まり、振り返り、眼下の風景を眺める。雨であっても、雪であっても、猛暑であっても、必ずそうする。身体が覚えて、勝手に動いてしまうのだ。

今日もそうだ。坂道を上り切って振り返り、束の間、街を眺めた。いつもと同じ、何も変わらない。個人的な小さな儀式を済ませて、今度は家へと真っ直ぐに歩く。「さっ、帰ろう」。声に出して呟き、提げていたエコバッグを揺すったとき、

あれ？

視界の隅に微《かす》かな違和感を覚えた。瞬《まばた》きし、視線を巡らせる。白い煙が一筋、立ち上っていた。さっきまではなかったはずだ。少なくとも、咏子は気付かなかった。煙は見る間に太くなり、勢いを増していくようだ。

火事かな。

目を凝らす。中央駅のあたり、この都市の中心地近くから上がっている。大型商業施設やバスの発着所、ホテル、繁華街などが集中している区域だ。今、咏子が提げているエコバッグの中身、夕食の材料やちょっとした日用品は、その大型商業施設『スカイブルー』で買い求めた。一時間ほど前のことだ。

そのときはむろん、煙などどこにも見えなかった。騒ぎも混乱もなかった。車が行き交い、人が行き交ういつもの光景だった。行き交う人たちがみなマスクを着けていることが、昨年の夏と異なってはいるが。それを異様とはもう感じない。しかし、あの煙は異様だ。咏子の日常風景にはないものだ。

胸騒ぎがする。

翔琉は中央駅を使い、二駅先にある高校に通っている。この時間帯はちょうど塾に向かっているはずだ。その学習塾は、駅近くのビルの三、四階にある。

スマホを取り出し確かめたけれど、誰からも連絡は入っていない。

翔琉にかけてみようか。

もしもし、母さんだけど。今、どこにいる？　ああ、そうなのごめんね。うん、ちょっと心配になっちゃって。駅の近くで変な煙が上がっているから、どうしたのかなって。

頭の中では言葉が渦巻くのに指が動かない。このごろ、翔琉は直接はむろんスマホでさえ母親とのやりとりを避けている風だった。避けるというより忌んでいる。そう思えるほど不愛想なのだ。顔を合わせての会話など、めったにない。

この地方都市に住む者も、コロナ禍で一カ月以上の自粛を余儀なくされた。地方では大手の、全国的には中堅どころの機械メーカーで人事を担当する夫の丈史《たけふみ》は、それでも週三日は会社に出かけていたが、翔琉と紗希は完全に休校の上に塾も閉まり、一日中、家に籠《こも》らねばならなかった。紗希とは一緒にケーキを焼いたり、マスクを手作りしたりもできたが、翔琉とはほとんど関わり合うことはなかった。

「学校からも塾からも課題が山ほど出てるんだ。邪魔しないで」

そう告げられ部屋のドアを閉められてしまえば、何も言えない。何もできない。翔琉がこの春入学した私立聖山《せいざん》高校は名の知れた進学校だ。学校側からは、オンライン授業の案内や課題プリントの配付、学習計画の指導など驚くほど細かく指示が届いていた。

「聖山だからな、それくらいは当たり前さ。公立の倍近い授業料を納める甲斐《かい》はあるな。まあ、翔琉のことだから別に負担にもならんだろう。ちゃんとやるさ」

聖山の卒業生でもある丈史は少し得意げにそう言った。実業高校を出て、すぐに就職した咏子は曖昧《あいまい》に笑い、喉元《のどもと》に引っ掛かった「でも、入学したばかりでろくに授業も受けていないのに、あの課題をこなせるのかしら」の一言を吞み込む。

ちゃんとやるさ。

息子への信頼ともとれる父親の言葉通り、翔琉はもくもくと課題や授業をこなし、再開した学校と塾に通い、双方ともにかなりの成績を収めていた。

「翔琉くん、ほんとに出来がいいよねえ。羨《うらや》ましいわ」

「三上《みかみ》さん、家族運に恵まれてるのね。そこにいくと、うちの息子は……がっかりよ」

「駄目よ、翔琉くんと比べたら。ハードル高過ぎ」

小学校のときから、同級生の母親たちの賛辞を受けてきた。賛辞の裏には、嫉妬《しっと》も嫌味も皮肉も張り付いているとわかっていたけれど、我が子を誉めそやされて悪い気はしない。ときには翔琉の幼児期の躾《しつけ》や母親の心構えを尋ねられたりもした。

「何にもしてないよ。わたしなんかに教育云々《うんぬん》なんてわからないもの。せいぜい、絵本をよく読んでやったぐらいかな。でも、それって特別なことじゃないしねえ。あ、それに、翔琉は音楽や体育が苦手だし、不器用なところもあるし、できないことが一杯あるの」

思いっきり謙遜《けんそん》してみせた。ここで得意気に教育論など語ったら、煙たがられると十分承知していたからだ。周りの雰囲気を察して、目立たないように首を引っ込める。臆病《おくびょう》な亀の生き方は、よく心得ている。けれど、注がれる称賛はやはり心地よかった。嬉《うれ》しく、誇らしく、自分の生き方が及第点を取ったと思える。前半の平均以下、赤点の人生を補って余りあるとも思えた。

しかし、十年が経って改めて周りを見渡せば、誰もいないのだ。息子の愚痴を零《こぼ》せる相手が、本音で弱音を吐ける相手がほとんどいない。それに、愚痴や弱音を口にしてしまうと、翔琉を汚してしまう気がした。誰かに翔琉を貶《おとし》められる気もした。翔琉に汚点をつけたくない。誰にも貶めさせるものか。

役立たず。ほんとに、最低だね。

どうして、こんなこともわからないの。

どうしようもない馬鹿だ。ろくなもんじゃない。

おまえなんて、生まれてきちゃいけなかったんだよ。

馬鹿。くず。死ね。

おまえは無意味な存在なんだ。消えたって誰も悲しんだりしないさ。

言葉でずたずたに裂かれた日々がよみがえって、押し掛かってくる。

夫も子どもたちも、坂道を上って帰り着く家も、防波堤だ。よみがえり、押し掛かろうとする記憶から咏子を守ってくれる。

わたしの人生は無意味なんかじゃない。翔琉も紗希もきちんと育てている。自分の役目を果たしている。だから、だから……愚痴なんか、弱音なんか一つもない。

翔琉は思春期のど真ん中にいるんだもの。不愛想なのも、不機嫌なのも、ろくに物を言わないのも当たり前なんだ。そっとしておけばいい。もう一歩、大人に近づいたら、またにこやかに話しかけてくれる。「今日の晩御飯、ほんと美味《うま》いや」「あら、今日だけじゃないでしょ」「あ、そうでした。毎日美味《おい》しい御飯をありがとうございます、母上さま」「よいよい、苦しゅうない。望みの物を申せ。何なりと作ってつかわすぞ」「松阪《まつさか》牛のステーキ」「冗談はやめて」「じゃあ米沢《よねざわ》牛で」「明日《あした》はトンカツにするわ。豚肉の安売りデーだもの」

そんな会話の後に、声を弾けさせて笑い合える。

もう少し、あと二年か三年経てば……。

スマホが振動した。手の中で震える。

あ、翔琉？

鼓動が速まる。が、それは一瞬で元に戻った。翔琉からではなかった。

「もしもし、三上です。吉澤《よしざわ》さん？」

「はい。吉澤です」

吉澤桃子《ももこ》の、女にしては低い、少し掠《かす》れた声が聞こえてくる。紗希のクラスメートの母親だった。去年引き受けたPTA役員の活動で知り合った人だ。

「三上さん、今、どこにいる？」

「え、わたし？　家の近くにいるけど、どうかした」

「そうなの。それなら、よかった」

ほっと息を吐き出す気配が伝わってくる。ざわざわと落ち着かない人声やサイレンの音も微かに聞き取れた。

「何事なの。吉澤さんこそ、どこにいるの」

「わたしは中央駅の改札口を出たところ。今、すごいの。『スカイブルー』の二階あたりからすごい煙が出ていて、駅前は大混乱よ」

「煙……」

スマホを耳に当てたまま、もう一度、眼下の風景に目をやる。

煙はうねりながら、空へ上っていた。確かに『スカイブルー』から出ているように見える。煙以外は、いつも通りの風景だ。だからこそ、煙の異様さが際立った。

「ねえ、あの煙、どうしたの。火事なの」

「わからない。でも……何かが爆発したみたい」

「爆発？　『スカイブルー』の中で爆発があったってこと？」

「だから、わかんないの。ただ、わたしがプラットホームにいたとき、爆発音が聞こえたの。どんって鼓膜に響くみたいな音だった。駅員さんが『動かないでください』なんて叫んで……。みんな、そのまま暫《しばら》くプラットホームにいたの。『何だ、何だ』って騒いではいたけど、パニックになる人はいなかったな。それで、やっと、今、外に出られたのよ。出てみたら煙が見えて、周りの道路にはガラスなんかの破片が一杯、落ちてた。怪我した人もいたのかな。救急車がさっき到着したとこ。でも、ほんとに……わけがわからない」

桃子の説明はたどたどしくはあったが、その分、生々しい雰囲気が伝わってきた。声音に似合わず丸く、頬のふっくらした童顔が恐怖に引きつっている。

そんな表情が見えるようだ。

「吉澤さん、大丈夫？　怪我とかしてない」

「ええ、大丈夫、平気だよ。ちょっとびっくりしただけ。ただ、風の向きが変わったら、こっちに煙が来るかもしれないから逃げるね」

逃げるという一言が妙にリアルだ。

そこで通話を切ると思ったが、桃子は話を続けた。足早に歩いているらしく、少し息が弾んでいる。

「三上さん、この時間帯は『スカイブルー』で買い物することが多いって言ってたでしょ。パートの帰りに、よく寄るって」

「うん。今日はいつもより早めに買い物を済ませたの。一時間ぐらい前までいたよ」

ぞくっ。背筋が冷たくなった。『スカイブルー』の二階は若者向けの化粧品や小物関連のショップばかりだから、ぶらぶらうろつくことはあまりない。でも、絶対ないわけじゃなかった。実際、先週の日曜日、髪留めが欲しいという紗希の買い物に付き合って、二階フロアをあちこち見て回ったばかりだ。背筋はさらに冷えていく。寒い。怖い。

爆発？　本当に？

唾《つば》を呑み込む。胸に手を当てて息を吸い、吐く。気持ちが少し落ち着くと、大切なことに気付いた。

「吉澤さん、わたしのこと心配してくれたの。ありがとう」

「あ、いや、別に……。わたし、お節介だから。ごめんね、驚かせた？」

「ううん。心配してくれたの嬉しい。ほんとにありがとう」

素直に感謝を告げる。一年間、一緒にPTA役員をしただけなのに心配してくれた。詠子がパートに出ていることも、『スカイブルー』で買い物することも、取り留めないおしゃべりの一つに過ぎなかったのに覚えていてくれた。嘘でなく嬉しい。

「お礼なんて言わないで。わたしが勝手に気にしただけなんだから。じゃあね」

「ええ、またね」

スマホを耳から離す直前、ため息が聞こえた。小さな独り言も。

「やだ、嫌な予感がする」

「え、嫌な予感って？」

もう一度、さっきより強く耳に押し当てたけれど、既に切られていた。もう何も聞こえてこない。

詠子は暫くの間、スマホの画面を見詰めていた。青い空と海を背景に家族四人がポーズをとっているものだ。二年前に家族で沖縄に旅行したときの写真だった。あれから丈史の仕事が忙しくなったり、翔琉の受験があったりで家族旅行には行けていない。詠子も丈史も今より、ほんのちょっぴりだが若いと思う。翔琉と紗希は屈託のない笑顔だ。紗希はともかく、翔琉が笑った顔をもう長い間、目にしていない。最後に見たのがいつだったか思い出せないぐらいだ。

翔琉。

息子のひたすら明るい笑顔に、胸が詰まりそうになった。不安が熱を持って、心臓を締め付けてくるみたいだ。息苦しい。

翔琉は人混みが嫌いだった。大勢の人が行き交う中にいると、頭痛がしてくると言っていた。みんなで騒ぐより、一人で何かをやっている方を好む。幼いころからの質《たち》だったが、聖山に入ってからその傾向がさらに強くなった。だから、『スカイブルー』のような不特定多数の人が集まる場所にはめったに近寄らない。駅から塾のあるビルに直行するか、バスに乗って真っ直ぐに家に帰るか、それより他の行動はとらないはずだ。

とらないはずだ……でも、でも、どうだろう。『スカイブルー』に足を踏み入れていないと言い切れるだろうか。急にハンバーガーを食べたくなったかもしれない、書店に寄りたくなったかもしれない、友人に誘われてゲームコーナーを覗《のぞ》いたかもしれない。多くはないが学校にも塾にも友人はいるようだし、部屋でよくゲームをしている。

かもしれない、かもしれない、かもしれない……。頭の中で〝かもしれない〟が渦巻く。息がさらに苦しくなる。

もう、躊躇《ためら》っていられない。翔琉を呼び出す。

「何で掛けてくるんだよ。今、塾にいるんだ。迷惑じゃん」と不機嫌に拒まれるなら、それでもいい。一方的に切られたとしても、安堵《あんど》できる。この不安を払拭《ふっしょく》できる。

呼び出し音が耳に流れ込む。

翔琉、お願い出て。神さま、どうか繋《つな》がりますように。

「はい。あ、母さん？」

繋がった。大きく息を吐いていた。吐息と一緒に身体中の力が抜けていく。咏子は、そのまま道路脇にしゃがみ込みたくなった。何とか踏ん張り、スマホを握り締める。

「翔琉。今、どこにいるの」

さっきの桃子と同じような問いかけをしていた。

「塾の教室だけど。でも、今からダチと駅の方に行ってみようかなんて話してんだ」

翔琉の口調は明るく、軽やかに弾んでいた。「ねえ、ママ、ダンゴムシがいたよ。テントウムシもいたよ」「ママ、ママ、縄跳びがいっぱい跳べたんだ、見て見て」。昔、目を輝かせ頰を紅潮させて告げてきた、あのころの口調によく似ている。「母さん」と呼びかけられたのも久しぶりだ。自分の物言いも、ついつい軽やかになる。

「駅って、『スカイブルー』で爆発騒ぎがあったんじゃないの」

「あ、もう知ってる？　さすが、母親ネットワークはすごいね」

「茶化さないの。ちょっと待ってよ。まさか、その騒ぎを見に行こうって思ってるんじゃないでしょうね」

「ビンゴ！　その通り。何かすげえ騒ぎになってるから行ってみようって。授業が始まるまで、まだ三十分ぐらいあるんだ。ぱぱって見に行ってくる」

「駄目よ。危ないでしょう。そんなことしないで」

「大丈夫だって。パトカーが来たみたいだから、規制されてギリまでは近づけないさ、きっと」

「だから、危なくないってわけじゃないでしょ。爆発の原因だってまだわかってないんだから、おもしろ半分でのこのこ近寄ったりしたら駄目よ」

「テロだって」

「は？」

「誰かが爆弾を仕掛けたテロだって、言ってるやつもいるよ」

テロ？　とっさに意味が理解できなかった。そして、一瞬だが薄茶色の猫の姿が浮かんだ。飼い猫のチロだ。息子が猫の名を呼んだと思ったのだ。しかし翔琉が口にしたのは〝チ〟ではなく〝テ〟だった。「テロだって」と。

テロ。報道番組や新聞ではしょっちゅう耳にするし、目にする。けれど、自分や家族と関わりがあると考えたことはない。実際、関わりあるはずがないのだ。ここは日本で、東京から何百キロも離れた地方都市で、平和だ。テロという単語は遥か遠くで揺らいでいるだけの幻と大差ない。

「まさか、そんなわけないでしょ。テロだなんて馬鹿馬鹿しい」

「馬鹿馬鹿しい？　へえ、母さん、テロは起こりっこないって信じてんだ」

翔琉の口調に僅かな侮蔑《ぶべつ》が混ざり込んできたようだ。嘲笑《ちょうしょう》の響きが伝わってくる。

咏子は唇を嚙《か》み、下腹に力を入れた。息子からの侮蔑にも嘲笑にも気が付かない振りをする。

「当たり前でしょ。テロなんて他《よそ》の国の話じゃないの。日本はどこかと戦争しているわけでも、内乱があるわけでもないのよ。馬鹿馬鹿しいとしか言えないじゃない」

むきになっちゃ駄目だと、自分に言い聞かす。せっかく、翔琉と会話ができているのに、むきになって怒ったり、言い返したり、説教したりしては駄目だ。

不意に笑い声が響いた。

哄笑《こうしょう》とでも言うのだろうか、顎《あご》を上げ、声高く笑っている翔琉の姿が眼裏《まなうら》に浮かんでくる。

「……何がおかしいのよ」

「母さん、テロってのはいつどこで起こっても、誰が起こしても不思議じゃないんだぜ」

「え？　何を言ってるの」

「ともかく、ちょっと行ってくる。せっかく、おもしろい光景が見物できるんだから行かない手はないって。危ない真似はしないから、ご・あ・ん・し・ん・を。じゃあね。バイ」

「あ、ちょっと待って、翔琉」

「写真、送る。上手《うま》く撮れたらだけど」

上機嫌な余韻を残して、通話が途切れた。足元を熱い風が吹き通って行く。スマホを握っていた手のひらが、うっすらと汗をかいていた。


玄関のドアを開けるなり、紗希が飛び出してきた。その後からチロが、こちらはゆったりとした足取りで現れる。

通学路の草むらに捨てられていた子猫を紗希が拾ってきたのは一年前だ。小さくて右目が爛《ただ》れていて、見るからに哀れな様子だった捨て猫は、一年で艶やかな毛の若い猫に育っていた。紗希はもちろん翔琉も丈史もそれなりにかわいがっている。

チロの方は恩義を感じるわけではあるまいが、紗希によく懐き、付き従っていた。

「ママ、お帰り。お腹空《す》いたよ」

「もう、あんたはお腹空いたしか言わないんだから。いつ、帰ったの」

「さっきだよ。このごろ給食のおかわりができないんだもん。お腹空いちゃって。もうぺこぺこだよ。何か食べる物、買ってきてくれた」

しゃべりながら、紗希はエコバッグの中を引っ掻《か》き回している。ほんとうに空腹のようだった。手を洗いながら、咏子はそっとため息を吐く。

感染防止のために、給食は主食も主菜も副菜もデザートも一つのパックになっている。これまでのように、生徒たちが好きにおかわりはできなくなった。紗希はそれが辛《つら》くてたまらないと言うのだ。

生まれたときは二千グラムに満たない低体重児だったのに、三歳を超えたころから肉でも魚でも野菜でもどんどん食べるようになり、その食欲に比例して太ってきた。セロリやピーマン、パクチーまでも美味しい美味しいと平らげる姿を初めのうちこそ、好き嫌いがなくてよかったと微笑ましく見ていた。翔琉が偏食気味で献立には苦労させられていたから、何でも食べてくれる娘がありがたかったのだ。しかし、健診の度に小学校から肥満傾向への注意と食生活の改善を指摘されるようになって、咏子は慌てだした。咏子も丈史もどちらかと言えば痩身《そうしん》の部類だったし、翔琉も過ぎるほど細い体つきだ。紗希もいずれ、それなりに痩《や》せてくるだろうと決めてかかっていた自分に慌てる。食事量を減らしたり、野菜ものを増やしたり努力はしたが、紗希は今のところ、一向に痩せる気配はない。むしろ年々丸く肥えていく。一ヵ月に及ぶ休校で、運動不足と食べ過ぎが重なり、一段と太ってきた。

「子どもの健康管理は母親の責任だぞ。ダイエットさせなきゃな」

数日前、丈史にやんわりと言われた。丈史の優しさ、穏やかさは出逢《であ》ったときから変わらない。暴力どころか声を荒らげることも、咏子が萎縮《いしゅく》するような態度をとることも一切なかった。だから余計に何気ない一言が刺さる。咎《とが》められたと感じる自分が情けなくて、落ち込んでしまう。

わたしがちゃんとしていないから、紗希が太るんだ。ちゃんとしなきゃ。しっかりしなきゃ。わたしは母親なんだから。

母親は子どもに責任がある。ちゃんと、しっかり育てる責任だ。愛情を注ぎ、健やかに育て、一人前の社会人にする。愛して慈しんで育てるのだ。決して子どもを傷つけたり、損ねたりしない。わたしが受けたような仕打ちから、あの苦痛から、孤独から、わたしはわたしの子を守り通すのだ。

翔琉が生まれたとき、決意した。今も色褪《いろあ》せず、心の内にある。

これから先、体形についていて残酷にからかう者が出てこないとは限らない。紗希自身が自分の身体に羞恥《しゅうち》を覚えることがあるかもしれない。そうならないように、そんな目に遭わせないように努めなければ。紗希のためにがんばらなくては。

「あ、ママ。このウインナー、食べてもいい？」

紗希が嬉しそうに叫んだ。十二個入りのウインナーの袋を左右に振る。

「駄目よ。それは、明日のパパのお弁当に入れるの」

「えー、だって、あとは野菜とお魚だけだもん。今、食べられる物ないよ」

「なくていいでしょ。夕御飯まで我慢しなさい。間食したら太っちゃうの」

「だって、ママ、御飯のおかわりさせてくれないんだもの。キャベツばっかり食べさせられて、あたし、ウインナーが食べたいのに」

紗希はいかにも不満げに唇を尖《とが》らせた。涙目になっている。

苛立《いらだ》つ。胸の奥から棘《とげ》のある虫が這《は》い上がってくるみたいだ。何匹も、何匹も。

この子はどうして、わたしの気持ちがわからないんだろう。母親の努力や苦労を察しようとしないんだろう。自分を醜いと思わないんだろう。文句ばかり言っているんだろう。

虫が這い上がってくる。苛立ちがつのる。「あんたがそんなだから、ママが大変なんでしょ。ママが恥ずかしいんでしょ。ママにこんな恥ずかしい思いをさせて平気なの」。虫と一緒に罵《ば》詈《り》が零れそうだ。弾けてしまいそうだ。

チロが足にすり寄ってきた。柔らかな毛の感触に、ふっと息が吐けた。

紗希を見ないようにして、テレビをつける。この時間帯はどこの局も地元のニュースをやっているはずだ。

「……市の中央駅近く、大型商業施設で爆発がありました。今日の午後五時ごろのことです。ごらんください。まだ、二階部分から煙が出ている状況です。目撃した方にお話を伺いましたが、突然ドーンという大きな音がして外に飛び出したときは既に煙が……」

ヘルメットをかぶった若い女性が現場から中継している。背後には消防車が止まっていた。その向こう側に見慣れた『スカイブルー』の建物がある。見慣れていないのは、煙だ。黄ばんだシーツのような色をしている。

テロ。翔琉に言われた一言を呟いてみる。口の中が苦かった。

週に四日はパートに出ている。週末は、紗希をスイミングスクールに送迎しなければならない。少しでも痩せてくれたらと昨年から通わせ始めた。入会金、レッスン料、指定の水着やキャップの購入、数千円単位ではあるが加算すればかなりの金額が出て行ったし、今も、これからも出て行く。

紗希はプールでのレッスンそのものは、思いの外楽しんでいた。水の中で身体がふわりと軽くなる。その感覚がおもしろいのだそうだ。ただ、咏子からレッスン後のジュースや菓子を禁止されていることは、はなはだ不満らしい。

「みんなアイスクリームなんて食べてんだよ。あたしだけ水筒のお茶だなんてムナシイ。ねえ、ママ、せめて缶ジュースぐらいいいでしょ」

口を突き出し、本気でそう訴えてくる。

虚《むな》しさがどんなものか知りもしないくせにと、訴えられるたびに胸の内で笑っていた。

翔琉と紗希、子どもたちにだけは虚しさとも絶望とも手酷《てひど》い挫折《ざせつ》とも無縁の生き方をしてもらいたい。させたい。それが望みなのだ。そのためなら、どんな努力も厭《いと》わない。がんばり続ける。

お母さんは、あんたたちのためにこんなにがんばってるのよ。

と、子どもたちに押し付ける気は毛頭ない。あんたのためにがんばってる。あんたのために我慢している。あんたのために苦労している。あんたのために、あんたのために。あんたのために。

呪文《じゅもん》に似た一言で、自分の子どもを縛ったりしない。ただ、察してもらいたい思いは気持ちのどこかに潜んでいるかもしれない。紗希から不平不満を聞く度に、苛立ってしまうのだ。

「駄目よ。缶ジュースのカロリーってどれくらいあると思ってるの。そんなものレッスンするごとに飲んでたらダイエットの意味がなくなるじゃない」

にべもなく娘の訴えを却下する。嘘ではない。けれど、それとはまた別に余計な出費はできる限り抑えたい思いもあった。たとえ、一缶百三十円の少額とはいえ余計は余計だ。

そこまで考えてやりくりしていること、いいかげんわかってよ。

叫びたくなる。怒鳴りたくなる。唇を嚙み締め、喉元をせり上がってくる荒々しい言葉を呑み下す。口を尖らせたまま、だってと紗希が続けた。

「お兄ちゃんなんか、塾の帰りにハンバーガーとか食べてるよ。ずるい」

「高校生と小学生は違うでしょ。それに、お兄ちゃんは痩せてるんだから、少しぐらい間食してもかまわないの。もう、紗希ったら毎回、同じこと言わせないで」

声音に苛立ちが滲《にじ》んだ。さすがに感じ取ったのか、紗希が黙り込む。

翔琉には、かなりのとは言えないが、毎日買い食いできる程度の小遣いは渡していた。塾は、個別指導と有名国公立大の高い合格率を謳《うた》い文句にしている。月謝はスイミングスクールの比ではない。五倍近い額だ。通常授業の他に長期の休みごとに特別授業のプログラムが組まれ、月に二度、学力確認試験なるものがある。一応、任意にはなっているが受けない選択肢はほとんどない。この試験が個人指導の指針とされているからだ。そして、特別授業は月謝とは別途に数万円の費用となる。

教育費は他のどんな出費、家や車のローン、食費などよりよほど家計を圧迫していた。だからといって、塾やスイミングをやめさせるわけにはいかない。それは子どもたちの可能性を狭めることだ。咏子はそう考えている。

習い事へも塾へも通わせてもらえなかった。ただの一回も、だ。おまえには無駄だと切り捨てられた。だから、意地でも子どもたちには諦《あきら》めさせたりしない。可能性を伸ばせるだけ伸ばしてやりたい。

パートで得られる収入はしれているけれど、家計の補塡《ほてん》ぐらいにはなる。それに、古着の仕立て直しという作業が咏子は気に入っていた。昔から、針仕事は好きだったし得意だった。浴衣《ゆかた》ぐらいなら簡単に縫える。紗希の服も大半が手作りだ。紗希の体形や好みに合わせたホームメードの衣類は、紗希本人からも周りからも上々の評判だった。

「三上さん、プロ級の腕よね。センスもいいし、こういうの作ってネット販売してみたら？　このクオリティならうまくいくんじゃない」

紗希の同級生の母親たち何人かから、そんな言葉をかけられたこともある。むろん、八割は社交辞令だろう。でも、残り二割には本気の称賛が含まれていたと感じる。

自分で作り出した物を商品として流通させる。商品として流通するような物を作り出す。つまり、一生の仕事にする。

夢だ。胸の内だけに仕舞っておく、ささやかな夢。

叶えられるとは思わないけれど、夢見るのは自由だろう。

「ママ、今日の晩御飯、なあに」

紗希が甘え声で尋ねてくる。

咏子はそっと、ため息を吐いた。

「おはようございます」

　誰にともなく挨拶《あいさつ》して、裏口からロッカールームに入る。中央駅から電車で十二分、鳥鳴という一風変わった名の駅からさらに十分ほど歩いたところにパート先『鳥鳴縫製所』はあった。鳥鳴は〝ちょうめい〟と読み、長命に繋がる縁起の良い名だと、一時、話題になったこともあるそうだ。何十年も昔、バブル期と呼ばれた時代のころだと聞いた。

「あ、三上さん、おはよう」

　同じパート従業員の蔵吉《くらよし》久美子《くみこ》が走り寄ってきた。咏子より二つ年上だが、頰のふっくらした丸顔とダッチボブの髪形、それにいつもにこやかな表情があいまって、ときに童女のように見えたりもする。今日は赤い花模様のマスクを着けているから、余計にあどけなく目に映った。そのマスクをわざわざ外して、話しかけてくる。

「ねえねえ、駅、どんな風だった」

「駅って、中央駅のこと？　うん、いつもとあまり変わりなかったけど」

　ユニホーム代わりに配られたデニム地のエプロンを着けながら、咏子は答える。久美子が知りたがっているのは、昨日の爆発騒ぎについてだと容易に察せられた。しかし、「いつもとあまり変わりなかった」としか言いようがない。『スカイブルー』のあたりに数台のパトカーが止まり、三人の警察官が交通整理をしていた他は何も変わらず、駅構内に入ると普段と違うところはどこにもなかった。少なくとも、咏子は気が付かなかった。

「ええ、そうなの？　全国区のニュースになってたから、どんなんだろうって気になって、気になって。でも、わざわざ見に行くのもねえ、あはは」

久美子はぱかりと口を開けて笑う。咏子は横を向き、マスクを着け直す。童女のように見える久美子は、童女のように屈託がなく、細かいことに拘《こだわ》らない。その分、周りへの気遣いや気配りに欠ける。こんなときだから、きちんとマスクを着けようとか、大声を出すまいとか考えないのだ。

咏子はマスクの中にため息を零し、ロッカーのドアを閉めた。以前はほとんど気にならなかった同僚の欠点が、このところやけに引っ掛かってしまう。それは咏子だけではないらしく、マスクを外してしゃべっている者を露骨に睨《にら》んだり、あからさまに罵《ののし》るスタッフは何人かいた。久美子もしょっちゅう注意されているのに、なかなか改まらない。そういう態度の久美子を陰で悪く言う者は多い。「あの人って馬鹿なの。今がどんな時かわかってないのかね」「ほんとにね。職場に、自分さえよければいいってタイプがいると困るよね」「やめちゃえばいいのに」。そんなひそひそ話を偶然、聞いたこともある。

石を呑み込んだような気になった。胸のあたりが重くなる。

久美子のいい加減さに咏子も不快を覚えることはあったけれど、反面、あっけらかんとした人柄に助けられたことも、一緒にいて楽しかったこともあるのだ。久美子の全てを否定する気にはならない。かといって、陰口を利いている相手を戒める勇気もなかった。何も知らない振りをするのがせいぜいだ。

久美子にも久美子を陰で罵る者にも、なにより見ぬ振り聞こえぬ振りをしてやりすごそうとする自分自身に腹が立つ。情けないと感じる。それでもやはり、周りと波風は立てたくなかった。だから、怒りを抑え込む。

「三上さん、ちょっといいかな」

ロッカールームから廊下に出たとたん、呼び止められた。

「あ、五尾《いつお》課長、おはようございます」

鳥鳴縫製所では百人ほどの従業員が働いているが、大半はパートや派遣社員だ。五尾卓司《たくじ》は数少ない正社員の一人で、古着再生部門の責任者でもあった。三十代後半と聞いたが、すらりとした長身でまだ下腹も出ていない。髪もふさふさで目鼻立ちのくっきりした顔付きをしている。女子従業員の中では人気が高い。

「三上さん、悪いけど、今日もクエさんの指導をお願いできるかな」

五尾がすっと身体をずらすと、後ろから小柄な女性が現れ、頭を下げた。

「ミカミさん、よろしく、おねがい、します」

たどたどしい日本語で挨拶され、咏子は思わず微笑んでいた。もっとも、マスクをしているから口元は見えない。それでも目元が緩んだのは、わかるはずだ。

「はい、クエさん。こちらこそ、よろしくお願いします」

クエが顔を上げ笑い返してきた。

この笑顔がいい。初めて見たときから、好きだ。

クアット・ルゥ・クエは二十代の技能実習生だった。鳥鳴縫製所は先代の社長が親ベトナム家だったこともあって、ベトナムから定期的に実習生を受け入れていた。長時間労働、劣悪な住居環境、低賃金、サービス残業、暴力、暴言……。技能実習生を取り巻く諸々《もろもろ》の問題を詳しくはないが咏子も知っている。

出勤の初日、他のパート従業員とともに一室に集められ、会社の概要をざっと聞いた。その中で、今の技能実習制度や実習生の状況も説明されたのだ。年間四十万人ちかくの実習生が日本のあちこちで働いていると聞かされ、驚いたものだ。そういえば丈史の会社にも、国籍は知らないが現場で働く実習生がいると耳にした覚えがある。

制度にも待遇にも多くの見直しが必要と思われるが、わが社に限っていえばまったく問題はない。一人一室の寮も完備し、賃金も日本人の基準と同等に設定してある。要するに鳥鳴縫製所は、創業以来まっとうで健全な運営を続けているのだ。

そこを強調して説明会は終わった。

「なんか、正しい正しいって言われると、逆に疑いたくなるよねえ」

隣に座っていた女性に話しかけられ、少し戸惑い気味に「確かにね」と答えた。話しかけてきたのが久美子で、その日は一緒に弁当を食べたりした。

それが一年前。咏子は今、五人のチームで古着の仕立て直しの仕事についている。集められた古着はまず洗濯し、ボタン付けをしたり傷みを直したりし、アイロンをかける。

鳥鳴縫製所は主に種々の制服や作業着を製作する工場だった。人件費の安い国外の企業に仕事を奪われ、倒産目前だったこともある。それを、今まで枝葉の事業でしかなかった古着の再生に力を入れることで、何とか危機を脱することができた、というのも会社の説明に入っていた。

咏子はまったく知らなかったが、古着は全国的に静かな流行がずっと続いており、需要は確実に増えているのだそうだ。もっとも危機を脱したとはいえ、工場の規模は大幅に縮小され、従業員も非正規の割合が年々増えている。「いつ潰《つぶ》れてもいいように準備しているんだよ」。昼休みに耳に挟んだ誰かの言葉が、時折、よみがえってくる。

ただ、咏子はさほど真剣に悩んでいるわけではなかった。この職場はそこそこ気に入っているけれど、駄目ならまた新しい仕事を探せばいいだけだ。丈史の収入は安定していたし、子どもたちもいつまでも子どものままじゃない。贅沢《ぜいたく》はできなくても、ほどほどの暮らしは保証されている。贅沢をしたいなんて望んでもいない。

坂を上った先にある家で、家族と暮らす。小さなごたごたや厄介事や事件は起こるだろう。喧嘩《けんか》をして、すねて、文句を言って、でも、仲直りができる。笑い合うこともゆっくりと語らうこともできる。翔琉も紗希もいずれ、あの家を出て行く。父親からも母親からも離れて、どこかに行ってしまう。そのとき、どんな想いが胸に去来するのか。

淋《さび》しい。辛い。虚しい。いろんなものが綯《な》い交ぜになって、名前のつけようもない、言葉にならない感情に揺さぶられるのだろうか。でも、その感情の底にわたしはきっと、小さな誇らしさと満たされた心を抱えているに違いない。親の許《もと》を離れられるほど、一人で歩んでいけるほどにわたしは二人を育てきったのだ、と。自分の子を放り出さなかった、愛して慈しんできた。ちゃんと食べさせて、身体を清潔に保たせて、人並みの暮らしを与えてきた。わたしは……あの人たちとは違う。

「指導手当を付けますからね」

現実の声が耳朶《じだ》に触れた。五尾の声だ。

「え、指導手当？」

聞き返していた。五尾が白い歯を見せて、笑う。

「そうですよ。クエさんの指導をしっかりお願いしたいんです。そうしたら、クエさんが他の実習生に指導ができるようになる。実習生の中でクエさんはダントツに日本語を理解してますからね。リーダーになれるように育ててください。頼みますよ」

五尾の手が伸びて、咏子の肩を軽く叩《たた》いた。

「あ、はい。がんばります」

クラス委員に選ばれた小学生のような返事をしてしまった。少し恥ずかしい。

「クエさん、三上さんについて、しっかり縫製の仕事を覚えてください。そして、それを他の人に教えるんですよ」

「はい。わたし、リーダーなります。とても、がんばります。ミカミさん、よろしく、よろしくおねがいします」

クエが深々と頭を下げた。

古着の繕いは、布の種類によって針を替える。さらに布の質の良いもの、デザイン性のあるもの、高級ブランドのものなどは手作業で直していく。主にネット販売に回される手作業品は、ときに、驚くほど高値で取引されるというのだ。一点物というのは、ある人たちにとっては大きな魅力になるらしい。そのあたりが咏子にはよくわからない。大量生産された千円以下の衣類が売れる反面、〝世界に一つだけしかない〟の謳い文句に手を伸ばす人たちがかなりの数、存在するのだ。

一点だけの古着って、そんなに価値のあるものなんだろうか。

「あっ」。クエが小さく叫び声を上げた。

「どうしたの」

「ミカミさん、わたし、まちがいました。いろ、まちがえました」

クエが泣きそうな顔をして持っていた男物のシャツを差し出す。昔、咏子が二十代のころ流行《はや》ったアメリカのブランドだ。破れた袖口《そでぐち》を他のものと取り替え、縫い直す作業だった。縫合はミシンを使うが、袖にできた裂け目は色糸を使って手でかがる。その糸の色を間違えたと言うのだ。確認する。赤糸を使うべきところがオレンジになっていた。しかし、それほど大きなミスではない。これはこれでいいと、咏子は判断した。クエに向かって、手を左右に振ってみる。

「あぁ、大丈夫。気にしなくていいよ。それより、かがり方をもう少し丁寧にして」

「かがり？　ていねい？」

「えっと、だからね、かがり縫いというのは針をこう持ってね」

「はい、はい、よく、わかります。ありがとうございます」

クエは真剣な眼差《まなざ》しで咏子の指先を見詰めている。どんな動きも見逃すまいとする眼だ。こんな張り詰めた眼差しを向けられるのは、初めての経験だった。

気持ちがいい。

言葉にしろ、仕草にしろ、本気で受け止めてくれる相手がいるのは快感だ。それに、指導手当。誰かに何かを教えることで手当が付くなんて、ちょっぴりだけどわくわくする。

「よく、わかりました。とても、よく、わかりました。ミカミさん、ありがとう」

「どういたしまして。クエさんは呑み込みが早いから、すぐに上手になるわよ」

「ど、いたし……何ですか」

「ど・う・い・た・し・ま・し・て。えっと、ベトナム語なんてわかんないし……あ、えっとユー　アー　ウエルカムよ。わかる？　ユー　アー　ウエルカム」

クエが目を細める。目尻《めじり》が下がった優しい笑顔になる。

「わかり、ます。コン　コー　ジーね」

コンコージー？　ベトナム語で〝どういたしまして〟の意味になるのだろうか。どういたしまして。ユー　アー　ウエルカム。コン　コー　ジー。同じ意味なのにまるで違う言葉たち。何だか、楽しい。

「そう、コン　コー　ジー、コン　コー　ジー」

親指と人差し指で丸を作る。クエが笑みを大きくして、頷《うなず》いた。

パートの勤務は基本、午前九時から午後三時までだ。その間に一時間弱の昼食時間が入る。パートは正社員のように食事時間も給与の内というわけにはいかない。賃金に換算されるのは、実働時間のみだ。だから、休憩をとらず働く者もいたけれど、咏子はきっちりランチタイムに当てている。そうしないと、持たない。集中力が続かないのだ。

仕事が雑になればやり直しを命じられる。その場合、たとえ勤務時間を大幅に超過しても残業手当などはつかない。全て、自己責任となる。

不満があるわけではないが、気は抜けない。二、三時間働けば、いいかげん草臥《くたび》れてしまう。心身の立て直しのためにも、ランチタイムは大切なのだ。もっとも、ランチといっても手製の弁当をパーティションで区切られたロビーの一角で食べるだけなのだが。社員食堂などといった洒落たものはないから、会議用の長机とイスが無造作に並べられた場所でそれぞれに昼をすませる。隅に大型のテレビと飲み物の自動販売機があるだけの殺風景を嫌って、外に食べに出る者もいた。咏子は、よほどのことがない限り弁当を持参している。丈史や翔琉に作るついでだし、外食代を惜しいと思うのだ。

「三上さんのお弁当、綺麗だね」

弁当箱を開けたとたん、横合いから声を掛けられた。

「あたしは、これよ」

久美子がコンビニの袋を持ち上げて振った。

「わざわざ、お弁当作るのも面倒くさくて。三上さんみたいに、彩りよく綺麗に作れないしね。『おまえの作る弁当は、茶色だらけで気味が悪い』なんて言われてから、すっぱり止めちゃったよ。あ、隣、座っていい？」

「いいけど。一席は空けないと駄目だって、言われてるでしょ」

「コロナ対策？　いいよ、そんなの大都会だけの話でしょ。この辺りでは感染者なんか出てないんだし。気にしなくていいんじゃない」

詠子は僅かに眉《まゆ》を顰《ひそ》めた。出ていない？　とんでもない話だ。もう二十日も前になるが二人の感染者が発表されたではないか。その一週間前にも一人、出ている。三月からの感染者の累計は二十人を超えていた。気にしなくていいわけがない。

久美子は大らかで陽気で出逢った当初は好ましく、一緒にいて愉快だった。でも、このごろ、その美点の裏に野放図さや鈍感さが張り付いていると感じることが多い。陰で悪し様に言うつもりはない。そんなことをしたら、余計に自分が情けなくなる。言葉の棘が人の心にどれほど深く刺さるか、知っているつもりだ。

でも、やはり気にすべきところを気にしない久美子には、苛立つ。

「ブロッコリーやミニトマトを入れるだけで彩りはよくなるけどね。やってみたら」

イスをずらしながら、何気なく助言する。久美子は肩を竦《すく》め、袋からサンドイッチと野菜サラダを取り出した。

「いいのよ。うちのダンナなんか、文句しか言わないの。何をやったって文句ばっかり。なんかさ、こっちを責めてストレス解消してんじゃないかと思うよ」

久美子には子どもがいなくて夫とその両親の四人暮らしだと、知り合って間もなく聞いている。どんな暮らしをしているのか、夫がどんな男でどんな職種についているのか、踏み込んで尋ねるつもりはまったくない。久美子とは職場の仲間でしかないのだ。個人的な域にまで入り込んでこられるのも、入り込むのも嫌だった。そのあたりは、久美子も同じらしく、家族については最低限の話しかしようとしなかった。今日のように、不満であれ夫を話題にするのは珍しい。

「なんかさ、このごろうんざりしちゃって、本気で別れてやろうかと考えることあるの。ねっ、三上さんは、そんなことないの？」

「ないけど」

そっけなく答える。理想とまでは言わない。思い描いていた未来図と今は、ずれてもいる。しかし、やっと手に入れた家族だ。ここまで育ててきた家庭だ。自ら壊そうと考えたことはない。これからも大切に守り続けていく。

久美子が口を丸く開ける。口の端にくっついていた茹《ゆ》で卵の黄身が剝《は》がれて落ちた。

「ほんとに？　一度もないの？　結婚して長いんでしょ。なのに、ないんだ。すごいわねえ。よほど相性がいいんだね。三上さんて恋愛結婚だっけ？」

咏子は、今度ははっきりと眉を寄せた。眉間《みけん》に皺《しわ》が二本くっきりとできているだろう。その皺が答えになる。今までの暗黙の取り決めを破り、咏子の個人的な事情に鼻を突っ込んでくる、その無遠慮と不躾を咎める表情だ。これ以上、執拗《しつよう》なようなら場所を移ろう。

咏子がちらりと久美子を見やったとき、小さなどよめきが起こった。漣《さざなみ》のように背中に伝わってくる。

振り返る。

壁に掛けるように設置されているテレビの前に、何人かの従業員が集まっていた。

「おいおい、またかよ」

「どういうことだ」

「え？　なになに。今度はどこなの」

「やだ、怖い。これ、本当のことなの？　昨日の映像じゃないの」

一人一人の声と気配が絡まり、ざわざわと空気を揺らす。

咏子はテレビに近づくと、画面を覗き込んだ。

煙が映っていた。

「ねえねえ、違うの？　昨日のニュースじゃないの」

誰かの早口の問いかけが、咏子の思いと共鳴する。昼のワイドショーが煽情的《せんじょう》な映像を繰り返し流しているのではないかと。

「違う。また、爆発があったんだ。連続爆発事件だとよ」

野太い男の声が咏子の思案をぐしゃりと潰した。

今？　また、どこかで爆発があったの？　なぜ、なぜ、二回も？

疑問が頭の中を回り、あちこちにぶつかる。突き刺さる。生の痛みを覚えるほどだ。

昨日の翔琉の様子が、痛みと一緒に浮かんでくる。

いつも通り、八時過ぎの帰宅だった。きっちり三時間、塾の授業を受けてきたのだ。帰宅時間も帰ってすぐシャワーを浴びるのも、いつもと同じだ。違っていたのは、少し興奮していたことだった。

翔琉は興奮し、饒舌《じょうぜつ》だった。

「あれから現場近くまで行ったけど、警察がいて追い払われたんだ。そうこうしてたら、爆発物の特別処理班みたいなやつらがきてさ、あれって警察なのかな、消防なのかな」

目を煌《きら》めかせて、しゃべり続ける。

「けど、煙がまだ出てて、ガラスとか割れてて、泣いたり喚《わめ》いたりしているやつらもいてさ。ちょっとしたパニックになってたんだ。映画みたいだった。見てて、飽きなかったな。すげえおもしろかった。うん、久しぶりにおもしろかった」

「大変な事故だったんでしょ。おもしろがるなんて不謹慎よ」

さすがに咎めていた。翔琉が口を閉じ、真正面から母親を見据えてくる。

「母さん、あれ事故なんかじゃないよ、きっと」

瞬きした。動かない息子の視線が妙に怖い。なぜ怖いのか、わからなかった。

「事故じゃない？　馬鹿言わないでよ。窓ガラスが粉々になるほどの爆発だったんでしょ。事故でなきゃなんなの。他に何も考えられないじゃない」

「だから、テロなんだって」

顎を引き、翔琉がにやりと笑った。息子のそんな笑い方を初めて見た。

「誰かが、この都市でテロ騒ぎを起こしてるんだ。みんなが右往左往しているのをどっかから見てて、大笑いしてんじゃないのかな。おれだって、おもしろいなと」

「いいかげんにしなさい」

叫んでいた。一瞬、翔琉がとんでもなく卑猥《ひわい》な言葉を口にしたような気がした。嫌悪感が全身を巡る。指先が震えた。

「テロだなんて、そんなことあるわけないでしょ。何度も同じこと言わせないで」

翔琉はにやにや笑い続けている。こんな下卑た笑い、いつの間に覚えたの、誰から教わったの。怒りと戸惑いで眩暈《めまい》がしそうだった。

「だから、それは母さんの思い込み。なーんにも知らない呑気《のんき》なやつは、たいていそう言うんだよな。『ここは日本だから、大都会じゃないから、テロなんて起こるわけがない』ってさ。けど、おれ言ったじゃん。テロなんて、いつどこで起こっても、誰が起こしても不思議じゃないって。何度も同じこと言わせんなよ」

笑みを消して、翔琉はリビングから出て行った。

「ママ、お兄ちゃん、どうしたの。何か様子が違わない」

紗希がそっと身を寄せてくる。その温《ぬく》もりにほっと息が吐けた。

テロなんて、いつどこで起こっても、誰が起こしても不思議じゃないって。

翔琉の捨て台詞《ぜりふ》が生々しくよみがえってくる。動悸《どうき》がする。

「どこが爆発したの」

久美子が問うている声がやけに間延びして耳に届いた。咏子は両手で胸を押さえ、一歩前に出る。テレビ画面に目を凝らす。

ここは、どこだろう？

「市立図書館みたいよ。でも、爆発自体はたいしたことなかったみたい」

「ええ、どうして、図書館なんかで爆発が起こるの。爆発物なんてないでしょ」

「わからないよ、そんなの。バーンって音がして、一階のトイレから煙が出てたんだって」

久美子と誰かのやりとりを聞きながら、咏子はさらに胸を強く押した。手のひらに鼓動が伝わってくる。

市立図書館は市の西外れにある三階建ての建物だ。一階には幼児が遊べるスペースがあって、月に二回、読み聞かせ会が開かれていた。子どもたちが小さいころは自転車に乗せて、よく通った。翔琉も紗希も大好きな場所の一つだ。このところ足が遠のいていたが、まさかニュースの画面であの白と薄茶に塗り分けられた、紗希曰《いわ》く「ショートケーキみたい」な建物を目にするとは思ってもいなかった。しかも、その建物の入り口には黄色い規制線が張られ、警察官が忙しく行き来している。

異様な光景、異様な雰囲気だ。

不意に腕を摑《つか》まれた。あやうく悲鳴を上げそうになる。何とかそれを呑み下して、視線を向ける。クエだった。咏子より小柄なクエが見上げている。大きく目を見開き、頰を強張《こわば》らせて咏子を凝視していた。

「ミカミさん……」

ぼそりと呟かれて、聞き取れなかった。首を捻《ひね》る。クエはテレビを指差した。

「あそこ、なに、ありましたか」

詠子は身振り手振りで、昨日と同じ爆発騒ぎがあったと伝えた。クエが息を呑《の》んだ。

二章　守りたいもの

なぜ、こんなに不安なんだろう。

咏子は自宅のキッチンに佇《たたず》み、何度目かのため息を吐き出していた。仕事から帰り、かれこれ一時間近くが経つ。夕食の準備に取り掛からねばならない。洗濯物も取り入れていないし、分別ごみの仕分けもまだだ。足元ではチロが腹這《はらば》いになって、時々見上げてくる。それとなく、餌の催促をしているのだ。

家事とは細々した煩雑な仕事の寄り集まりだ。シンクを磨くのも、布団を干すのも、衣類の染みや袖口《そでぐち》の汚れを綺麗《きれい》にするのも、あまりに細々として誰も気が付かない。夫も息子も娘もシンクがぴかぴかで、布団がいつもふわりと乾いていて、着る物が清潔であるのを当たり前だとしか思っていないのだ。餌入れにキャットフードを満たしてやると、必ず「ミャア」と鳴くチロが一番、気遣いができているのかもしれない。

こんなに、がんばってるのに。

家族の無頓着《むとんちゃく》に腹が立つときも不満を覚えるときもある。でも、腹立ちも不満も、たいがいはすぐに消えてしまう。夫や子どもたちが快適に暮らせるのは、わたしがいるからだ。そう自分に言い聞かせれば、気持ちは軽くなる。誇らしくさえあった。

もともと、掃除も洗濯も料理も嫌いではない。不得手でもない。とくに掃除は好きだった。散らかっていた部屋を片付ければ、それだけでささやかな達成感を味わえる。小学生のころから、級友たちが教室掃除をいいかげんにしたり、ごみ捨て当番を押し付け合ったりするのが不思議だった。

きちんと綺麗になった方が気持ちいいのにな。

母親は家事全般が苦手なのか、やる気そのものがなかったのか、夕食が菓子パンと牛乳ということも洗濯や掃除を何日にもわたって放っておくことも珍しくなかった。咏子が埃《ほこり》の溜《た》まった床を拭《ふ》いたり、洗濯機を回したりすれば「嫌がらせをしているのか」と怒鳴られ、何もしなければ「気の回らない、役立たず」と罵《ののし》られた。だから、丁寧にやればやるだけ褒めてもらえる学校の掃除は好きだった。清掃後の教室を見回すひと時が楽しい。母の罵詈《ばり》や刺々《とげとげ》しい視線が届かないことに安堵《あんど》できる。

このころ、父はほとんど家に帰ってこなくなっていた。

結婚してから、咏子は料理はもちろん家中を磨き、清潔に保つために努力してきた。丈史は横暴でも独善的でもないが細かいところに目がいく性質で、薄汚れている場所や物を忌む癖がある。パートを始めたころ、慣れない仕事や人間関係に疲れて家事に手が回らなかった時期、「家のことができないなら、パートなんてする意味がないだろ」と言われたことがあった。「え？　どういうこと」と、思わず聞き返していた。

「だから、家のことが今までやっていたようにできないんだったら、わざわざパートに出る必要がないんじゃないかって、そう言ったんだけど」

丈史の口調は穏やかで、責めたり咎《とが》めたりする響きはない。ただ、ほんの少し眉《まゆ》を寄せて、首を傾げただけだ。思いあぐねている風にも、不快に耐えているようにも見えた。

「あ、でも……あの、子どもたちの塾代や習い事の費用も馬鹿にならないし、少しでも家計の助けになればって……」

言葉が詰まる。語尾が掠《かす》れていく。気持ちが萎縮《いしゆく》する。

「うん、それはわかる。気持ちはありがたいなと思ってるよ」

丈史は鷹揚《おうよう》に頷《うなず》いた。

「けど、仕事がきつくて家のことに支障が出るようなら、続けなくてもいいんだぞ。塾だ、習い事だといっても、おれの稼ぎの内でやっていける額だろう」

「え、ええ……。もちろん」

「だったら、無理しなくていいからな。疲れるなら、辞めたってかまわないんだから」

「無理なんてしてないのよ。ほんとよ。全然、してないの」

笑みを浮かべ、かぶりを振る。

「久々に働きに出たから、どう振る舞えばいいかわからなくて戸惑っただけ。すぐに慣れて要領が摑《つか》めるわ。そしたら、今まで通りに家のこともできるから、心配しないで。ええ、本当に大丈夫よ」

口の端が引きつるみたいだ。それでも作り笑いのまま、咏子はキッチンに向かった。丈史は無理をするなと諭してはきたが、家事を分担するとは言わなかった。考えてもいないのだろう。パートの働きは家の細々した用事に優先するものではない。そう告げられた気がした。実際、給与の面からすれば、咏子のパート代は丈史の五分の一にも満たない。

わかっている。だけど……。

口惜しいような、納得できないような重苦しい心持ちになる。それを消したくて咏子は、洗い残していた食器を思いっきり擦《こす》った。

夫や子どもたちと小さな摩擦や齟齬《そご》はある。それでも、咏子の日々は坦々《たんたん》と破綻《はたん》も波乱もなく過ぎていった。丈史に告げた通り職場にも仕事にも慣れ、要領を覚え、今は以前のように疲労を感じたり、脚がむくんだりはしなくなった。帰宅して、手早く家事をこなす。休日に念入りに掃除をする。作り置きのおかずを何品か拵《こしら》えておく。そういう諸々《もろもろ》の手筈《てはず》も呑《の》み込めた。

今日だって、手際よく夕食を用意して、洗濯物を取り入れて畳んで、分別ごみを仕分け、チロに餌をやってと頭の中では段取りができている。しかし、身体が動かない。いや、心が身体を動かさないのだ。昼に見た図書館の映像が頭の中で瞬いている。

駅前の大型商業施設と市立の図書館が相次いで爆発騒動に見舞われた。もっとも、図書館の方は火花が散ってトイレのドアが焦げた程度で、たいしたことはなかったそうだ。ただ、煙はわりに大量に出て、図書館にいた誰もが避難する騒ぎにはなった。

咏子はキッチンでコップ一杯の水を飲んだ。口の端から水滴が滴り落ちるほど、乱暴な飲み方をする。それから、大きく息を吐いた。

この不安は何だろうか。なぜ、こんなにも胸の内が落ち着かないのか。

自分のことなのに、わからない。

『スカイブルー』も図書館も馴染《なじ》みの場所だ。『スカイブルー』には週に何度も足を運んでいるし、図書館は子どもたちが小さいころ、よく通った。翔琉は今でも、たまにだが立ち寄るらしい。紗希もときどき、図書館のラベルの付いた本を借りてくる。

ただ、咏子の胸が騒ぐのは、子どもたちが爆発に巻き込まれたのではという心配からではない。死者はもちろん軽傷者すらいなくて、建物の破損もトイレの一部に限られているとの情報を確かめてある。第一、昼間のあの時間、二人とも学校だ。図書館にいるわけがない。丈史にはさらに縁がない場所だ。今日は一日、取引先とのリモート会議だと聞いている。だから、家族の誰が巻き込まれたわけではない。

なのに、気分がざわめくのはなぜだろうか。

悪い予感といえるほど、はっきりしてはいない。漠とした、表現できない不安が胸の底にある。もう一杯、水を飲み干す。

今があまりに先が見えないから、だわ。この厄介なコロナ騒ぎがいつ収束するのか、収束した後、どんな世界が立ち現れるのか誰も答えを見つけられない。世の中に不安と不穏が溢《あふ》れている。そこにきて、連続爆発の事件が起こった。

何となく落ち着かないの、当たり前じゃない。我が家に何かが起こるってわけじゃなくて、この世界のどこもかしこもが不安定なんだ。バランスが崩れかけているんだ。でも、それがどうだって言うの。わたしに崩れかけたバランスを戻せるわけがないでしょ。それができるのは、政治家とか企業家とか学者とか雲の上の偉い人たち。そう、だからわたしに関係ない。ぐずぐず拘《こだわ》っても仕方ないのよ。胸騒ぎだなんて、忘れてしまいなさい。

もう一度、さっきより強く言い聞かす。

壁に掛けてあるエプロンを取り、背後できっちり紐《ひも》を結んだ。それだけで、少ししゃんとする。やるべきことが見えてくる。

さあ急がなくちゃ。

野菜室から大根と牛蒡《ごぼう》を取り出し、ピーラーを握った。

鶏肉と野菜の煮込み、豆腐と大根の味噌汁、唐揚げ、野菜サラダ。夕食の献立だ。ぼんやりと過ごした時間を取り返すべく、咏子は家中を走り回って家事をこなし、料理を整えた。今日は珍しく家族四人で食卓を囲める。いつもは、丈史か翔琉のどちらかが、あるいはどちらともいないことが多いのだ。

「うん、美味《うま》いな。母さんの料理は天下一品だ」

丈史が目を細める。

「ほんとに？　そんなに美味《おい》しい？」

「ああ、美味しいとも。この唐揚げなんて最高だ。な、紗希」

父親に同意を求められ、紗希はこくりと頭を前に倒した。幼児を思わせる仕草だ。

「美味しい。ママのお味噌汁も唐揚げも大好き。でも、どうして、あたしの唐揚げは三個しかないの。お兄ちゃんはいっぱい、あるのに」

ぷっくりとした唇が前に突き出される。

「しょうがないでしょ。揚げ物はカロリー高いから、食べ過ぎちゃ駄目なの。まず野菜の煮物やサラダから先に口に入れてね。味噌汁も具だけはしっかり食べて。唐揚げとご飯はその後。最後に食べるのよ」

「やだ、もっとたくさん食べたい」

「紗希、わがまま言わないで。野菜でお腹をいっぱいにしとくの。そうしたら太らないからね。ほら、野菜サラダは紗希の分、大盛りにしてるでしょ。紗希の好きなサニーレタスやアスパラ、たくさん入ってるから。人参《にんじん》も彩りに入れたのよ。綺麗でしょ」

「やだやだ、あたし、唐揚げを好きなだけ食べたい」

「紗希、いいかげんにしなさい」

「うるさい！」

怒鳴り声が響いた。同時に、テーブルを強く叩《たた》く音が耳に突き刺さる。

「翔琉……」

翔琉が立ち上がり、睨《にら》みつけてくる。

睨みつける？　わたしを？　え、なぜ、そんな眼つきでわたしを見るの？

咏子は口の中の唾《つば》を呑み下した。紗希も丈史も何も言わない。紗希は身を縮めて兄を、丈史は茶碗《ちゃわん》を持ったまま息子を凝視している。

「いいかげんにするのはどっちだよ。ぎゃあぎゃあ騒いで、うるさいんだよ」

「翔琉、あんたね、そんな言い方ないでしょ」

辛うじて、言い返す。動悸《どうき》がする。鼓動が速くなり、痛みさえ感じる。

「唐揚げぐらい食べさせてやりゃあいいだろう。食べたいって言ってんだからさ」

「食べ過ぎたら太るのよ。紗希はこれ以上、体重が増えたら大変なの」

「だったら、揚げ物なんか作るなよ」

吐き捨てるように翔琉が言う。怒鳴り声ではなくなっていたが、棘のある物言いだ。

「焼き魚だって刺し身だって、いいじゃないか。低カロリーのおかずにすればいいんだ。唐揚げみたいな高カロリーの料理作っといて、食べるな、太るなって矛盾してね？　母さん、頭悪過ぎ。それとも、これイジメ？　紗希を苛《いじ》めて喜んでんの」

「ま……」

絶句していた。よりによって、何ということを言うのか。言われるのか。栄養のバランスや彩り、味、それに食費。あれこれ考えながら、献立を作る。自分の家族には、なるべく旬の食材を新鮮な物を美味しく食べさせたい。ちゃんとした食事を用意したい。その想いを踏み躙《にじ》られた気分になる。吐き気がするほど嫌な気分だ。

「油料理なんて材料が何だって、カロリー高くなるの当たり前。こうやって並べるのが間違ってんだよ。メインを揚げ物じゃなくて蒸すか茹《ゆ》でるかにすれば、ぐっと低カロリーになるの常識でしょ」

翔琉が畳みかけてくる。咏子は前に座る丈史をちらりと見やった。昨夜《ゆうべ》、丈史から「明日《あした》は早く帰れそうだから、久々に唐揚げが食べたいな」と要望された。いわば、今日の主菜は丈史の注文に応《こた》えたものだ。

父さんが唐揚げを食べたくて、母さんに頼んだんだ。

一言、言って欲しい。間違っていると母親を詰《なじ》る息子に、告げて欲しい。しかし、手酌でビールを注いだ後、丈史が口にした一言は「作った物は仕方ないだろう」だった。それから、自分の唐揚げを一つ摘《つま》むと紗希の皿に置く。

「ほら、これで足りなきゃ、もう一つ分けてやるから。それでいいな」

と、娘に笑いかける。紗希が涙目で頷いた。

「おれのもやるよ」

翔琉が唐揚げを全部、紗希の皿に移す。山盛りになった中から肉が一つ、テーブルの上に転がった。揚げたての香ばしさは消え、妙に油が染みて不味《まず》そうだ。紗希が頭を左右に振る。

「こんなに、いらない」

「いいよ、食えよ。食って太りゃあいいだろ。そのうち、身体がつっかえて玄関から出られなくなるかもよ。はは。そうなりゃ、ちょっとおもしれえんじゃね？」

「翔琉！　止めなさい。何てこと言うの」

思わず立ち上がった。息子の視線を受け止め、睨み返す。

フンと翔琉は鼻を鳴らした。音を立ててイスに座り、皿に残った千切りキャベツを掻《か》き込む。口の端から零《こぼ》しながら嚙《か》み砕く。味噌汁を飲み干し、ご飯をろくに咀嚼《そしゃく》もせず流し入れる。餓《う》えた獣みたいだと、一瞬、咏子は思った。

「ごちそうさま」

空になった皿と茶碗を重ねると、足早にシンクに運び、そのまま出て行こうとする。

「翔琉、ちょっと待ちなさい」

呼び止めると、丈史が「おい」と小声で制してきた。翔琉はドアの前で振り向き、顎《あご》を上げる。挑発するような仕草だった。身体全部を息子に向け、正面から向き合う。

「図書館のこと、知ってるよね」

「え……」

咏子の問いかけが意外だったのか、翔琉は瞬《まばた》きを繰り返した。顔付きがとたんに幼くなる。母親に抱っこをせがんでいたころの面影さえ、ちらりと走った。

「市立図書館よ。今日、爆発騒ぎがあったでしょ」

「あ？　ああ、あれね。知ってるけど、それが？」

「今度はテロだって言わないの？『スカイブルー』のときみたいに興奮しないわけ」

翔琉がまた瞬きをした。けれど、顔付きは昔に戻らない。むしろ、世慣れた大人に近い表情が浮かんでいる。相手の真意を探るような眼つきだ。

「しないよ。ただ、トイレを壊しただけだろ。あんなの、しょぼ過ぎて嗤《わら》える」

「テロにしょぼい、しょぼくないってあるわけ？」

「あるさ。どれくらい派手にやって注目されるか。そこが大事っしょ。でなきゃ、意味ないじゃん。みんな、見ろ。驚け。怖がれ。おれの言うことを聞け、ってさ」

「それがテロの意味だって、あんたは考えてるの？」

翔琉がはっきりと眉を顰《ひそ》めた。唇が動く。「ほんと面倒くさい親だな」と呟《つぶや》き、翔琉は廊下に出て行った。すぐに階段を上がる足音が聞こえてくる。

「何の話をしてんだ」

丈史がこちらも眉間《みけん》に皺《しわ》を寄せて尋ねてきた。

「いえ、別に……」

「図書館って、市立図書館が爆破されたってやつか」

「爆破されたわけじゃないわ。トイレから煙が出て、一部が焼けたのよ」

「それがテロだと？」

「『スカイブルー』の事件のとき、翔琉が『テロだ、テロだ』って珍しく興奮してたの。だから、今度はどうなのかなって」

「また、くだらないことを聞くもんだな」

「くだらない？」

夫を見詰める。唇の上に、僅《わず》かだがビールの泡がついていた。

「くだらないだろう。『スカイブルー』も図書館もテロであるわけがない。そんなこと、わかりきってるじゃないか」

「どうして？　どうして言い切れるの」

翔琉には、丈史とほぼ同じことを告げた。「テロだなんて馬鹿馬鹿しい」と。それなのに、今は夫の言葉に食い下がっている。

「犯行声明が出てない」

あっさりと言い切られる。淡々としながら、諭すような口調だった。

「さっき翔琉も言ってたじゃないか。テロってのは世間の耳目を集め、自分たちの主張なり立場なりを広く知らしめる。それが目的なんだ。なのに、二件ともどこの誰がやったのか、どこからも声明は出されてないだろ」

「そうね」

素直に頷く。丈史が目を細めて、咏子を見やった。

「きみだって、テロだなんて信じてるわけじゃないだろ」

「ええ……」

信じてなどいない。〝テロ〟の単語は少しもリアルではなく、口にしても口にしても無機質な作り物としか感じられない。自分たちには一生、関わりのない言葉だ。

「唐揚げの話題が何で急にテロにいっちゃうのか、思考回路が謎だね」

くすくすと丈史が笑う。苦笑でも嗤笑《ししょう》でもない。単純におもしろがっている笑いだ。

「だから、翔琉が苛《いら》つくんじゃないか」

顔を上げる。翔琉の機嫌に何がどう結びつくのか、それこそ謎だ。

「男ってのは理路整然と話がしたいもんなんだ。翔琉はとくにその傾向が強いだろう。なのに、咏子の話はどこに飛ぶかわからないし、どこに着地するかもわからない。実にスリリングだよな。そういう、あやふやさが嫌なんじゃないのかな、あいつ」

それは違う。テロ云々《うんぬん》を尋ねたのは、翔琉が出て行く直前だ。その前に翔琉は怒声を上げていたし、突っ掛かってきていた。さらに言うなら、不機嫌で感情の起伏が激しくなったのは、今に始まったことではない。聖山に入学したあたりからだろうか。いや、進学塾に通い始めたころでは……。

「ごめんなさい」

紗希がうつむく。大粒の涙がぽたりぽたりと落ちて、テーブルの上に染みを作った。

「何で、紗希が謝るんだ。謝るようなこと何もしてないだろう」

「だって……」

紗希は涙の流れる顔を父親に向けた。

「あたしが唐揚げ、食べたいって我儘《わがまま》言ったから、お兄ちゃんが怒って……」

「お兄ちゃんは紗希に怒ったんじゃないよ。ちょっと虫の居所が悪かっただけなんだから、気にすることないんだ。さっ、もういいから食べなさい」

丈史が唐揚げが山盛りになった皿を顎でしゃくる。

「こんなにもいらない。三つだけでいい」

「無理しなくていいぞ。今日はもうダイエットは休みだな。好きなだけ食べるといい」

丈史の声が優しい。紗希が可愛くてたまらないのだ。昔からそうだった。神経質で扱いにくい息子より、素直な娘を夫は溺愛《できあい》している。紗希が肥満体なのは体質もあるけれど、食べたい物を何でも、それが甘い菓子であろうとファストフードの品であろうと、望み通りに買い与えられてきたのも一因だと思う。「紗希の嬉《うれ》しそうな顔を見ると、疲れが吹き飛ぶな」と、菓子袋やケーキの箱を差し出す夫を咎め切れなかった。そんな自分も、むろん一因だ。小学生女子の平均体重と身長、紗希の体重と身長、肥満度、諸々を伝えてやっと菓子類の土産は止めてもらった。

好きなだけ食べていいわけないでしょ。

喉元《のどもと》まで込み上げてきた一言を何とか呑み込む。もう、どうでもいいと思う。息子の機嫌にも、娘の体重にも、夫の言葉にもこれ以上、拘りたくない。関わりたくない。

「ごちそうさまでした」

咏子はほとんど箸《はし》をつけていない夕食の皿を手早く片付け、キッチンに運んだ。残った煮物やサラダ、唐揚げはラップをかけて冷蔵庫に仕舞う。明日の弁当に使えばいい。汚れた皿を洗い、コンロに付いていた油の跳ねを丁寧に拭き取る。

「ママ……」

紗希が背後で呼ぶ。唐揚げの載った皿を手に涙目のまま立っていた。

「これ……残ったよ」

「そう。全部、食べればよかったのに」

我ながら冷えた声だ。こんな突き放した、冷たい言い方をしてはいけない。紗希はほんのちょっぴりごねただけだ。好物の唐揚げをもう少し食べたいと言っただけだ。叱責《しっせき》されるようなどんな過ちも犯してはいない。

頭ではわかっているのに、気持ちがついていかない。おどおどとした紗希の態度に苛立ちがつのる。

「ママね、もう、紗希のことかまわないことにしたわ。だから、パパが言ったみたいに好きなだけ好きな物を食べなさい。もう、ほんとにいいから」

「ママ、あたし、そんなことしないよ」

皿を調理台の上に返し、紗希がかぶりを振る。涙が一粒、頬を転げた。

「唐揚げも三個で我慢したよ。明日から、もう食べたいなんて言わない。ごめんなさい」

ごめんなさい。ごめんなさい、お母さん。あたしが悪かったから、謝るから許して。

耳の奥で声がこだまする。悲鳴を上げそうだ。耳を塞《ふさ》いでしゃがみ込みそうだ。

「ママ、あのね、だから……」

この子はどうしてこうも、もたもたとした話し方をするのだろう。なんて要領が悪いのだろう。

どうして、どうしてどうして、わたしはこんなに苛立っているのだろう。

ミャウ。チロが鳴いた。紗希が抱き上げ、僅かに首を傾げる。

「ママ？」

「うん、わかった。じゃあ、明日からまたがんばろうね」

振り返り、紗希に笑顔を見せる。無理やりの笑顔だ。スポンジを握ると小さな石鹸《せっけん》の気泡が空に浮いた。「あ、シャボン玉だ」。ふわふわと漂うシャボン玉に紗希が笑う。これは、本物の笑みだった。

母と娘の間で、シャボン玉は弾《はじ》け消えてしまう。

「さ、もうお風呂《ふろ》に入って。パジャマもバスタオルも洗濯してあるから」

「はーい。行ってきます」

母の笑顔に安堵したのか、紗希はチロを降ろし、軽い足取りでキッチンを出て行った。ほっと息を吐く。

よかった、あの子を苦しめなくてよかった。酷《ひど》い言葉を浴びせなくて、傷付けなくてよかった。自分の苛立ちに勝ててよかった。

わたしは、あの人とは違う。平気で我が子を苛《さいな》むような人間じゃない。

唇を噛み締める。怠《だる》い。倦怠感《けんたいかん》がじわりと滲《にじ》んできた。錘《おもり》を付けられたみたいに身体が重い。いや、心が重いのかもしれない。疲れて、重い。怠い。怠い。怠い。

誰かと話したい。

唐突に感じた。あまりに唐突だから、息を詰めたほどだ。知人も友人もいた。いるけれど誰より親しいと断言できる相手は一人もいない。親友とかソウルメイトとか、大仰な言葉は嫌いだった。誰かといるより、一人の方が楽だと知っている。それでも、なぜか今夜は他者が恋しくなる。この重さを吐き出して楽になりたい。誰かにしゃべれば、この怠さは淡々《あわあわ》と消えていくのではないだろうか。

しゃべる？　何を？

過去のことじゃない。今のことだ。よくわからない不安、もやもや、苛立ち。吐き出せるなら吐き出したい。

「咏子、ビール、もう一缶、奮発してくれよ」

「駄目よ。一日一缶って約束でしょ」

「そこを何とか」

「もう、しょうがないわねえ。はい、大サービス。これでおしまいよ」

決して仲の悪くない夫婦の会話だ。多少ごたごたがあっても丈史となら、きっと一生夫婦でいられる。

でも、この男ではない。

わだかまった諸々を吐き出すのは、この男ではない。そんなことをしても軽くあしらわれるか、怪訝《けげん》な視線を向けられるかだ。

しかし、咏子自身が摑めていない、得体の知れない感情をちゃんと聞いてくれる人なんてどこにいるだろう。取り留めない話に最後まで耳を傾けてくれる人なんて……。

三上さん、今、どこにいる？

吉澤桃子の声がよみがえってきた。低く掠れているのに柔らかい。柔らかく包み込んでくれる声音と口調だ。

手を洗うと、咏子はスマホを摑み台所の隅にしゃがみ込んだ。丈史はビールを飲みながら、テレビを見ている。聞かれる心配はない。妻の電話相手に興味を持つような性格でもなかった。

桃子のアイコンは南国の物らしい原色の花だった。スマホを耳に押し当て、咏子は呼吸を整える。わたしは何をしているのだろう。さして親しいわけでもない相手に連絡して、何を言うつもりなんだろう。そこまで思考が行きつくと、背骨のあたりが冷えていく。

馬鹿なことをしている。切らなくちゃ。桃子から折り返し電話がきたら、ごめんなさい、間違えちゃったのと誤魔化したらいい。そう、切らなくちゃ。

「はい、もしもし。三上さん、どうしたの」

桃子の声が耳に滑り込んできた。やはり低く掠れて柔らかい。そして、心地よい。

「あ、あ、吉澤さん。ごめん、あの、あのね……」

「うん」

「えっと、あの気になって。ほら、昨日、電話くれたでしょ。わたしのこと心配して」

「そう。『スカイブルー』の騒ぎ見てたら、どうしてだか三上さんのことが気になって連絡しちゃったの」

「心配してくれて、ありがとう」

今さらお礼なんて、ちょっとわざとらしい。的外れだ。どうしよう、何を言おうとスマホを握る指に力を込める。そのとき、誰かが桃子を呼んだ。「モモコー」と。続いて、幼い子どもが何かしゃべったようだ。何をしゃべったかわからない。日本語ではなかった。英語でも中国語でもないと思う。咏子は外国語をあまり知らない。でも、どこの国の言葉かくらいは見当がつく。今の言葉はまったく耳に馴染みがなかった。一度も聞いたことのない不思議な響きだ。

スマホを耳に押し当てる。大勢の人間が動き回る気配がした。日本語以外の言葉が気配と一緒に伝わってくる。イエスとかサンキューとか英語と思《おぼ》しき単語も交じっているが、大半は呪文《じゅもん》のように不可解だ。おそるおそる尋ねてみる。

「吉澤さん……どこにいるの」

「仕事場だよ」

「あ、お仕事中だったんだ。ごめんなさい。たいした用事じゃなかったの。またね」

「三上さん、逢《あ》おうか」

「え？」

「近いうちに逢おうよ。ね、都合をつけてゆっくり逢わない」

明日、また連絡するからと告げて、桃子は通話を切った。咏子の中に不思議な響きが残る。それが遥《はる》か遠い異国の言葉だと思い至ったのは、キッチンの床を拭き終わったときだった。


待ち合わせにと桃子が指定したのは、小さな古い喫茶店だった。カフェではなく喫茶店。木製の手押しの扉も、低い天井も、コーヒーと炒《いた》め物の混ざった匂いも〝昭和〟を感じさせる。昭和風に喫茶店と呼びたくなる店だ。

そう告げると桃子はアイスコーヒーをかき混ぜていたストローを止め、くすりと笑った。

「わたしたちってさ、〝昭和〟を語れる最後の世代だよね」

詠子はホットコーヒーを飲んでいた。何の変哲もない白いカップに注がれたコーヒーは、一口すすって「まっ」と声を上げるほど美味しい。苦味と円《まろ》やかさと芳醇《ほうじゅん》な香りが身の内に染みた。これは絶品だ。

コーヒーの味を楽しみながら、わざと渋面を作る。

「それ、ちょっと大仰過ぎない。最後の世代なんて言われると、すごい年寄りに思えちゃう。止めてよ。それでなくても年を感じることが多くなったんだから」

渋面のまま、首を横に振って見せる。桃子はまだ、笑っていた。

「けど、そうじゃない。わたしたちより若い人って、昭和なんて言ったってピンとこないよ。江戸《えど》とまでは言わないけど明治や大正とそう変わらないんじゃないのかな」

そこで、さらに笑う。くすくすと軽やかな笑い声が響く。

この人はどうして、こんなに楽しそうに笑えるんだろう。悩みなんてないんだろうか。それとも、憂鬱《ゆううつ》や心配を巧みに隠し通せる人なのだろうか。

ふと考えただけで、コーヒーの苦味が増した気がした。

「わたしの知り合いね、小学生の娘に『ママって黒船とか見たことあるの?』って尋ねられて絶句したんだって。今年一年生になったばかりの子よ。わたしが『よく、黒船なんて知ってたね』って感心したら、『このごろの子って、平成以前はみんな大昔になっちゃうのよ。ママはれっきとした昭和生まれですって答えたら、きょとんとしてんの。もう嫌になっちゃう』って嘆くばっかりでさ。話がまったく嚙み合わなくてね。でも、小学生になりたての子が黒船を知ってるなんて、すごくない？」

「そうね。でも、わたしは絶句したお母さん側かな」

「あれ、三上さんもそっちに行っちゃう。残念だ」

桃子が大きなため息を吐いた。何だか、おかしい。漣《さざなみ》に似た笑いが込み上げてくる。

他人と話していて本気で笑うなんて、久しぶりだ。

久しぶり？　いつ以来だろう。わたしはいつから本気で笑ってないんだろう。

「けどさ、通用しないんだよね」

ぼそりと、桃子が呟いた。口調が心持ち、重くなった。

「昭和も平成も令和も通用しないよ」

桃子はゆっくりとストローを回す。グラスの中で氷がぶつかり、涼やかな音を立てた。

「通用しないって、どこに？」

「世界」

「は？　世界？」

自分でもわかるほど間の抜けた声が出た。

黒船の後には世界？

桃子との会話は楽しいけれど、話題がどこに飛ぶのか予想できない。予想できないから楽しいのかもしれないが。

「だってさ、1926年から1989年までを昭和って呼ぶの日本人だけじゃない」

「あ……うん。まあ、そうだろうね。元号だから」

「三上さん、今、世界の人口って幾らか知っている？」

「え？　人口って……五十億ぐらいかな」

昔、五十億と習った気がする。違っただろうか。とてもあやふやな記憶だ。

桃子が右手を左右に振った。

「七十七億。2019年の統計だけどね」

「七十七億！　そんなに」

「そう、地球の上には七十七億の人間がいるわけ。で、十年後の2030年には八十五億、2050年には九十七億まで増えるって言われてるんだって」

三十年後、2050年。そのとき、わたしはまだ生きているのかしら。

ちらりと考える。何事もなければ、十分に生きているだろう。桃子の言う通りだとしたら、九十七億分の一として生きている。砂粒みたいなものだ。無数の砂の中の一粒だ。

「でね、日本人って一億二千万ぐらいだから、昭和だ平成だって通じるのその一億二千万の中だけだよね。つまり、世界には全然通用しないわけ」

「う、うん。そりゃあそうだけど」

話の展開がまったく読めない。読めないけれど、落胆や不快は覚えなかった。PTAでも職場でも相手の話を聞いていて落胆するような、不快な思いは何度も味わった。自慢話、愚痴、皮肉、根拠のない噂。同情に見せかけた蔑《さげす》み。微《かす》かに悪意を潜ませた雑談。耳を傾けるのが苦痛だった。けれど、一人その場を離れる勇気も異を唱える覚悟もない。だとしたら仕方ない。さも興味のありそうな顔付きで相槌《あいづち》を打つか、にこやかに笑いながら聞いているしかなかった。そういう自分に、しゃべっている他人ではなく自分を抑えて作り笑いしている自分に、がっかりしてしまうのだ。

「たとえばルワンダの人にね、『おれは昭和の男だから』なんて言ったって、意味わかんないよね。なのに、平気で『おれは昭和の男だから、辛抱強いんだ』とか、『黙って努力するのが、昭和の男の美徳ってもんなんだ』とか言うの。言われた方はポカンとするしかないでしょ。〝昭和の男〟なんて日本語、知らないもんね。後から、〝昭和の男〟ってどういうものなんだって尋ねられたけど答えられないよね、そんなの。日本独特の年号だって説明しても、ルワンダ人からすれば、よく理解できないわけ。ましてや〝昭和の男〟だもの。日本人だって何それって感じでしょ」

確かに説明に窮するだろう。実体のない、雰囲気だけの言葉を伝えるのは難しい。

桃子が軽く頭を振った。

「世界に何が通用して、何が通用しないのかちゃんと考えて言葉を選んでほしいよ。そんなにすごいテクニックが要るとは思わないんだけど……。相手が理解できるか、相手に通じるかって想像する、ただそれだけのことなのにね。出来ない人、意外に多いんだ。とくに、男性には。なぁんてこと言うと日本の文化を尊重しないのかって、とんちんかんに怒ったりするのも男の人が多いかな。文化云々じゃなくて想像力の問題なのにさ」

そこで一息ついて、桃子は拝む仕草で手を合わせた。

「ごめん。一人勝手にしゃべっちゃってた」

「ううん。おもしろいよ。なるほどと思った。外国の人には通じないって、ほんとね。そういう風に考えたことなかったけど言われてみたら当たり前だわ」

おもねりでも遠慮でもない。本音だ。桃子の話は取り留めないようでいて、浮遊しない。ふわふわあらぬ方向に飛んでいかないのだ。根がちゃんとある。その根がどんなものなのか見当が付かないけれど。だからだろうか。もう少し聞いてみたいと思った。聞いて、わかりたいと思った。少し大げさに言えば、微かだけれど確かな高揚感を覚えている。未知の世界を垣間見る《かいまみ》ときの、あの昂《たか》ぶりだ。

「吉澤さん、ルワンダ人の知り合いがいるの？」

「うん、いるよ」

あっさり肯定された。少し驚く。自分の住んでいる市にルワンダ国籍の人がいるなんて、考えてもいなかったのだ。

「ルワンダって、アフリカの国だっけ」

ルワンダがどこにあるのか知らない。知らなくても困ることはない。不便でもない。でも、知りたい。「ルワンダはね」と桃子が言った。

「アフリカの内陸にあるの。国土のほとんどが高原でね、年間の平均気温が……えっと、二十一度ぐらいだったかな」

「二十一度？　アフリカなのに」

「うん。驚いた？」

「驚いた。でも、アフリカだって、どこもかしこもが熱帯雨林と砂漠でできてるわけじゃないものね」

「ないない。ケニア高原なんて赤道直下だけど、一年中、日本の春秋に近い気温で、すっごく過ごしやすいらしいよ。キリマンジャロ山の主峰、えっと、えっと確か……あ、キボだ。キボなんて氷河に覆われているらしいから」

「キリマンジャロかぁ。名前は聞いたことがあるけどねえ」

アフリカ、ルワンダ、ケニア、キリマンジャロ、キボ。日常とは縁のない名ばかりだ。それがおもしろい。掃除、洗濯、家事一般、塾、家計、パート、やりくり、食事の献立、ローン、母親、責任、やりがい、女性の活躍、内助の功……。咏子の日常にびっしりと張り付けられたどの語句とも違う。まったく関わりない国名や山名、それに〝昭和の男〟は世界に通用しないという事実に心が弾む。

「ねえ、三上さん」

桃子は咏子を呼んだ後、一瞬、目を伏せた。

「ルワンダの虐殺って聞いたことあった？」

「えっ？　何」

桃子の声が低くて、よく聞き取れない。身を乗り出していた。

軽い咳払《せきばら》いが耳に届いた。おしゃべりの声が大き過ぎたのかと身を縮めたが、店内に他の客は一組しかいない。七十代と思しき男性が一人、窓辺の席で新聞を広げているだけだ。いかにも常連といった風で、のんびりとした雰囲気が漂っていた。

「うん？　マスター、何よ」

桃子が顎を上げる。カウンターの内側で口髭《くちひげ》の男性が壁を指差していた。

「ああ、あれね。三上さん、あれがキリマンジャロのキボよ」

もとは白壁だったのだろうがうっすらと黄ばんでしまった壁に、写真が飾ってあった。乾燥した大地の向こうに雪を冠した山がそびえる。そんな一枚だ。

「ちなみに、今、お客さんが飲んでいるコーヒーはキリマンジャロをベースにした、我が店独自のブレンドです」

口髭にベスト、蝶《ちょう》ネクタイ、白いエプロン。やはり昭和っぽい出立《いでた》ちのマスターが、説明してくれた。「すごく美味しいです。お世辞じゃなく、ほんとに美味しい」。咏子が答えると、頭をひょこっと下げて横を向く。

「あはっ。マスターったら照れちゃったよ」

桃子は囁《ささや》き、片目をつぶって見せた。

何だか楽しい。PTAで知り合った相手と初めての店でコーヒーを飲み、おしゃべりしている。それだけのことなのに楽しい。

ほとんど発作的に桃子に電話してから、四日が経っていた。明日、また連絡するから。その言葉通り翌日、桃子からスマホにメールが来た。数回のやりとりの後、指定された喫茶店は、最寄りのバス停から駅と反対方向に十キロほどのところにあった。市街地の外れになる。開発が進み、賑《にぎ》やかでも華やかでもある駅周辺とは違い、軒の低い家屋や低層のビルが並ぶ一角だった。咏子にはあまり馴染みがない地域だ。

桃子は、この前の電話は何だったのだと尋ねなかった。尋ねられたら、どう答えようか、咏子なりにあれこれ考えていた。いくら考えても、適切な答えが浮かんでこない。自分に答えられないことを他人に説明できるわけがなかった。

何だか重くて、苦しくて、どんどん沈んでいくような感じだったの。誰かと……家族ではない誰かと話がしたかったんだ。その誰かが吉澤さんだったの。それだけよ。

さらりとそう告げられたら楽なのだが。どうしてその誰かが桃子だったのか。一番肝心なところが、自分でも摑めていない。桃子とは、さほど親しいわけでも、付き合いが深いわけでもないのだ。

ただ、桃子は心配してくれた。親しいわけでも、付き合いが深いわけでもない詠子の身を案じてくれた。あの『スカイブルー』の爆発騒ぎのとき、だ。

甘えているんだろうか。

と、思う。桃子の親切に甘えて、愚痴や不安を聞いて欲しかっただけなのだろうか。

と、そこで詠子は気が付いた。桃子と逢ってから、自分のことはほとんど語っていない。どちらかというと聞き役だった。昔からしゃべるより聞く側に回ることが多かった。その方が気が楽だからだ。聞くだけなら、聞いて適当に相槌を打ったり、周りに合わせて笑ったり、憤慨したり、怖がったりするだけでいい。本当に楽だった。

しかし、今、桃子の話に耳を傾けていたのは楽だからではない。おもしろいからだ。心が惹《ひ》かれたからだ。もっと聞きたいと詠子自身が欲したからだ。

もっと聞きたい。

「吉澤さん、さっき言いかけたの、あれ、何？」

「ルワンダのこと？」

「うん。途中で止めちゃったでしょ。よく聞き取れなかったし」

桃子がまた目を伏せる。ほとんど空になったグラスを軽く揺する。融《と》けかかった氷がグラスにぶつかったけれど、さっきほど澄んだ音は響かない。

顔を上げたとき、桃子の眼元は心なしか強張《こわば》っていた。その眼つきのまま、

「しゃべってもいい？　ずっと、わたしばっかりしゃべっていて、三上さん、嫌じゃない？」

と問うてきた。詠子は胸を押さえ、かぶりを振った。手のひらに鼓動が伝わってくる。

トクッ、トクッ、トクッ、トクッ。

いつもより速い。緊張しているのだと思った。緊張して、ちょっぴり嬉しい。

桃子はちゃんと詠子の気持ちを確かめてくれた。尊重されたと感じる。

詠子は背筋を伸ばして、テーブルの上に手を重ねた。桃子が瞬きをする。それから、詠子を見詰めたまま、話を始めた。

「ルワンダの虐殺って聞いたことある？」

「ルワンダの虐殺？　ううん、ないと……。あ、でも、テレビの報道番組で見たかも。もう二十年ぐらい昔のことじゃない？　もっと昔だっけ？」

部族間の争いで、たくさんの人が殺されたと、そんなニュースに触れた記憶がある。褪《あ》せて消えそうな記憶の糸を、咏子は何とか手繰り寄せようとした。

でも、駄目だ。端《はな》からあやふやな記憶は、手繰っても手繰っても鮮明にはならない。

「そうだね。ルワンダってだいたい八割強がフツ人、一割強がツチ人なの。あとツワ人もいるんだけど、部族間の対立があってね、1994年には内戦が激化して、フツ人によってツチ人が八十万人以上殺されたって歴史があるの」

「吉澤さんがさっき話していたルワンダの人って、その歴史と関係あるの」

「ええ、国内での迫害を恐れて、日本に逃げてきた人だった。半年ぐらい一緒に暮らしたかな。あ、違う違う」

目を大きく見開いたのが自分でもわかった。目尻《めじり》が引きつったからだ。よほど驚いた顔付きになっていたのだろう。桃子が慌てて手を振った。

「同棲《どうせい》とかそんなのじゃないわよ。わたし、まだ中学生だったんだから。実家に下宿してたの。すごい背の高い、筋肉質のかっこいい男の人だったよ。イソバって名前だったけど、イソバと比べたら日本の男性がみんな華奢《きゃしゃ》で幼く見えたなあ」

「実家にルワンダの人が下宿？」

「そう。ルワンダ人だけじゃなくて、ガーナ人もミャンマー人もトルコ人もいたことがあったな。あ、一度にじゃないのよ。実家はごく普通の民家だから。一人か二人しか、受け入れられなかったの」

「ああ……」

何と答えていいかわからない。桃子の言っていることに頭がついていかないのだ。

「吉澤さんの実家って、どこにあるの？」

辛うじて、そう尋ねることができた。桃子は、どこの都市の話をしているのだろう。

「実家は東成町《ひがしなり》の二丁目にあるよ」

東成町二丁目。パート先に割に近い。鳥鳴の駅を挟んで東西の位置関係になる。

そんなに近く？

信じられない気持ちになる。ほとんど帰っていないが、咏子の実家は隣の市にあった。東成町からなら車で一時間もかからない距離だ。自分と地続きの場所にルワンダだのガーナだのミャンマーだのの人々が暮らしていた。やはり、信じられない。

唐突にクエの顔が浮かんだ。不安そうに眉を寄せ、テレビの画面を見ていた顔だ。浅黒く引き締まった横顔は愛らしさや可愛さではなく、凛《りん》とした雰囲気が滲んでいた。

「ベトナムの人ならパート先にもいるわ」

口にしてすぐに、自分がひどく的外れなことを言った気がした。頬が熱くなる。

「ごめんなさい。わたし、何だか頓珍漢なことを」

「何人ぐらい？」

桃子が身を乗り出してきた。一瞬、何を尋ねられたのかわからなかった。

「あ、ベトナムの人ね。えっと、今は確か四人ぐらいじゃないかな。わたしが一緒に働いているのは一人だけなんだけど。クエさんて女の人」

少しの間、たぶん三秒に満たないほどの間、桃子は黙り、それから「クエさんか」と呟いた。目が少し細くなり、口元が綻《ほころ》んだ。

「ね、その人、どんな人?」

「どんなって……若いわよ。はっきりした年齢は知らないけどまだ二十代だと思う。でも、しっかりしてるんだよね。ベトナムにお子さん二人、残してきてるんだって」

「二十代か。ちくしょう、若いねえ」

桃子の蓮《はす》っ葉な物言いがおかしい。わざとらしく膨らませた頰もおかしい。

「ええ、若いわね。でも、浮ついたところが全くないの。母親だからなのか性格なのかわからないんだけど、しっかりして真面目でとってもいい人。仕事も一生懸命で、一緒に働いてて気持ちがいいわ」

「家族への仕送りがあるからね。必死に働かざるを得ないとこ、あるのよね。でも」

桃子がストローで氷をつつき、短い息を吐いた。

「三上さんみたいな同僚がいるの、クエさんにとっては幸せなのかもしれないね」

「幸せ? そんな大げさな。わたしはクエさんに何にもしてあげてないわよ。ただ、一緒に仕事をして、針の使い方を教えるぐらい。スムーズに話ができるわけでもないし、相談に乗ってあげたわけでもないし……」

「でも、いい人だって思ったんでしょ」

「だって、ほんとにいい人だもの。職場の仲間としてしか付き合ってないから、深く知っているわけじゃないけど」

本音だった。クエの人柄も気質もちゃんとわかっているわけじゃない。でも、少なくとも母親の部分には共感できた。

ホーチミン市にいる家族に仕送りをしなければいけない。働いて、少しでも多くの仕送りをしたい。そのお金で子どもたちを上の学校にやりたいし、両親も楽に暮らせるようにしたい。仕事の合間にぼそぼそと、クエは語った。うんうんと頷きながら耳を傾けていた。

わかるな、と思った。子どものためにがんばる母親の気持ちも決意もわかる。「クエさん、わたしもお母さんだよ。子どもが二人いるの」。そう告げたとき、クエは笑顔で頷いた。「はい、ミスミさんもオカアサンですね」と答えた。

そのやりとりを桃子に話す。

「ミスミじゃなくて、ミカミだよって訂正したら、それから、わたしのことを呼ぶのがとってもゆっくりになったの。一文字一文字、確かめるみたいにね。他人の名前を間違えるのはとても駄目なことだって、言うの。その人と仲良くなりたいなら、名前はちゃんと呼ばないと駄目なんですって。真面目でしょ。何かじぃんときちゃった」

胸を押さえる。相手の名前を尊重するとは、相手そのものを尊ぶことだ。クエはちゃんとそれを知っていた。

ふふっと、桃子が笑った。

咏子は我知らず、顎を引いていた。少し構える。

他人の笑みは苦手だ。からからと大っぴらな哄笑《こうしょう》ならまだしも、忍びやかな笑みはそこに、細くて小さな棘を含む。嘲笑、嗤笑、冷笑、呼び方が違うだけで同じ笑いだ。どれも侮蔑《ぶべつ》だの悪意だのを秘めている。しかし、今、目前にある桃子の笑みは丸くて柔らかそうで、一本の棘も感じられない。

「はい、お待ちどおさまでした」

目の前にプリンの載った器が置かれる。銀色で短い脚の付いたレトロな器だ。

「え、プリン？　注文してないですけど」

テーブルの傍らに立つマスターを見上げる。マスターは片目をつぶり一言「サービスです」と告げた。それから、軽く頭を下げカウンターの内側に戻っていく。

「え？　え？　サービス？　いいの」

「いいんじゃない。マスター、気に入った人にはプリンのサービスをしてくれるの。

三上さん、プリンラインをクリアしたのよ。はは、わたしまで御相伴にあずかりまして光栄です。得しちゃった」

桃子はスプーンでざっくりとすくったプリンを口に運ぶ。

「うん、美味しい。これも美味しい昭和の味だわ」

「ほんとね」

昭和の味かどうかはわからないが、プリンは美味しかった。過剰に甘過ぎず、口の中に卵の風味がほわりと広がる。これは手作りだろうか？

「やっぱり幸せだわ」

桃子がスプーンを置いて、独り言のように呟いた。

「そうね。美味しい物を食べてるときが一番、幸せか。幾つになっても真実ね」

「違うわよ。あ、もちろん違わないけど。確かに、美味しい物って幸せに繋《つな》がるよね。わたし、食べるの大好き人間だからさ、食事制限なんて絶対に無理なの。でも、わたしが幸せって言ったのは、クエさんのこと。三上さんが同僚でクエさん、幸せ……。うーん、幸せっていうより幸運の方かな。運が良かったって思う」

「だから、わたしは何もしてないし。一緒に働いているだけだから」

「同等だと思ってるでしょ」

「え？」

「クエさんと自分は同等だと思ってるよね、三上さん」

桃子はスプーンを取り上げ、プリンを口に運んだ。その一すくいで、器の中はほぼ空になる。なるほど、見事な食べっぷりだ。

「え？　同等？　そんなこと考えたことなかったけど。あ、でも、一応、わたしが指導しているの。針の使い方とか糸の選び方とか、ちょっとコツがいるから。だから、仕事の経験としてはわたしの方が長いわけで……」

「人間としてよ」

スプーンを持った手が止まった。覗《のぞ》き込んでくる桃子と目が合う。

「ごめんなさい。よく意味がわからないんだけど……」

「三上さんは、クエさんと自分は人間として同じだって思ってるでしょ。国籍とか年齢とか職歴とかは関係なく、同じ人間って生き物だと思ってるよね」

桃子の口調が心持ち緩やかになる。咏子の苗字《みょうじ》を丁寧に呼んでいたクエと重なる。ただ、桃子の言うことはあまりに大仰に思えた。歪《いびつ》にも感じる。

「いや、でも、それって当たり前でしょう。クエさんは犬でも猫でもないわよ。れっきとした人間だもの。同等とか同等じゃないとか、どこで決めるの？」

決められるものだろうか。咏子は胸の内で首を傾げる。生活レベルとか収入とかなら、人と人との間には、はっきりとした差がある。今盛んに言われている格差というやつだろう。咏子には想像もつかない贅沢《ぜいたく》な暮らしをしている者も、国家予算に匹敵するほどの財産を持つ者もいる。貧しさにもがく人たちも、もがいても、もがいても貧困から抜け出せない人も、明日の糧さえ持たない人たちもいる。その差があってないとは思わないけれど、あるのが現実だとも考えてしまう。自分には変えようもない現実だと。そして、明日の心配をしないで済む我が身の今に満足している。満足というより安堵なのかもしれない。咏子は安堵し、現実を受け入れている。人の暮らしには差がある。どうしようもなく存在する。けれど、国家予算級の富を持つ大富豪も貧しい人たちも咏子自身も、人間であることに変わりはない。そこは揺るがない。住む世界がどんなに違っても人は人だ。当たり前じゃないか。

「それが違うのよねえ。当たり前じゃないの」

桃子の唇がもぞもぞと動いた。明快な言葉にはならない。

「どういうこと？」

「何だかねえ、嫌な話だけど……いるのよ」

「いるって、何が」

咏子は思わず身を縮めた。得体の知れない化け物や幽霊が桃子に憑《つ》いている。一瞬だが、そんな風に感じた。昔から、その手の話は苦手だ。ホラーも怪談も御免こうむりたい。

桃子の口調はそれくらい重く、湿っていたのだ。

「外国人、特にアジアやアフリカ系の人たちを自分と同等に考えられない人。自分たちより一段低い人種だって、堂々と言ってのけちゃう人ね」

「は？　何、それ？　誰のこと？」

「誰って……たくさんだよ。この市にも隣の県にも、国中にもいっぱいいいるの。何だかもう、嫌になっちゃうぐらい沢山ね」

「そんな。でも、わたしの周りには……」

口をつぐむ。わたしの周りにはいないだろうか。そんなこと考えたこともなかった。なかったから、わからない。

「ねえ、三上さん。あの爆発騒ぎがあったじゃない。『スカイブルー』と図書館と連続した事件。あれ、クエさん、怖がってなかった？」

ミカミさん……あそこ、なに、ありましたか。

たどたどしい日本語と怯《おび》えた黒い眸《ひとみ》が浮かんできた。

三章　水溜りに映る影

「ミカミさん……あそこ、なに、ありましたか」

クエは瞬《まばた》きもせずに、咏子を見上げていた。仕事中の張り詰めた眼つきとは別の、どこがどう違うのか上手《うま》く言えないけれど、明らかに別の緊張感が漂う。

図書館に爆弾が仕掛けられたのだと伝え、慌てて言い直した。

「ごめんなさい。爆弾と違うわ。爆発物よ。ばくはつぶつ」

「ばくはつぶつ？」

「うん。えっと、爆弾みたいにドッカーンてほどじゃなくて、小さいの。煙が出たぐらいなんだって。えっと、トイレから煙が出たの。誰も怪我とかしてないみたいよ」

両手で大きく丸を作ったり、小さく合わせたりする。〝怪我をしてない〟のところでは、右手を左右に振ってみた。身振り手振り、ジェスチャーでの会話だ。

「大丈夫よ。クエさんが心配するようなことは何にもないの。うん、何にもない。わたしたちには関係ないの。えっと、オールライト、オッケー、オールライト」

日本語も英語もむちゃくちゃな気がする。ただ、クエの表情から暗みを拭《ぬぐ》ってあげたかった。そんなに怯《おび》えなくてもいいのだと、伝えたい。

クエが息を吐き出す。

「シンパイ、なくていい。ミカミさん、ありがとございます。わたし、シンパイしない」

そう言って、にっと笑った。一礼して、ロビーから出て行く。後ろ姿を見送り咏子も短い吐息を一つ、漏らしていた。


あの日のクエの様子を桃子に話す。

「午後からの仕事も変わりなかったし、何となくだけど事情が呑《の》み込めたんじゃないかな。うん、ほんと変わりなかったよ。丁寧にきちんと仕事してた」

「そうか」と、桃子は頷《うなず》いた。それから、グラスを伝う滴を束の間、見詰める。

「三上さんみたいな人が傍らにいてくれるの心強いよね」

「え？　いや、わたし、何にもしてないよ。あの爆発騒ぎとクエさんは何の関係もないじゃない。それは確かでしょ。不安になる必要ないのよ。身内や知り合いが図書館にいたとかもないしね。あのとき、ロビーの雰囲気がざわついてたから、クエさん、それにちょっと反応したというか、わけがわからないまま怖くなったんじゃないかな」

桃子の物言いを大仰に感じる。恥ずかしくなる。それで、いつもよりずっと早口でしゃべった。クエは同僚だ。自分にも他人に教えたり、指導したりできる力がある。自分へのささやかな誇りを具現してくれる相手だ。律儀だし、誠実だし、笑顔がいい。見ているだけで、気持ちが和らぐ。それに、懸命に生きていると感じる。ああ、この人は自分のやれることを誤魔化しもせず、手抜きもせず、精いっぱいやってるんだ、と思う。それも気持ちがいい。もちろん、クエとの付き合いは浅い。深く知れば、嫌なところも相いれない点も見えてくるかもしれない。落胆も反発も嫌悪も芽生えてくるかもしれない。でも、今のところ、咏子はクエが好きだった。正直な気持ちとしては、おしゃべりで干渉気味な久美子より、話の嚙《か》み合わないＰＴＡの母親たちより好きだ。

「違うと思うよ」

桃子が目を伏せたまま、呟《つぶや》いた。掠《かす》れた呟き声だから、うまく聞き取れない。思わず前屈《まえかが》みになっていた。

「え、違うって言った？」

「ええ、違うような気がするの」

桃子が顔を上げる。視線がぶつかった。咏子が覗《のぞ》き込んでいたからだ。桃子の眼差《まなざ》しも口元もさっきより張り詰めている。咏子はゆっくりと姿勢を戻した。

「その、クエさんて人、本気で怖がってたんじゃないのかな。心配じゃなくて恐怖を感じていた。わたしは、そう思うんだけど」

意味がよくわからない。咏子は素直にそう告げた。

「ごめんなさい。吉澤さんの言ってること、よくわからないわ。クエさんは図書館に家族とか知り合いがいたとか、そんなことを心配してたんじゃなくて、別のことをとても怖がってたってわけ？　だから、わたしに尋ねてきたと？」

「三上さん、わかってるじゃない。その通りよ」

わかってる？　いいえ、さっぱりわからない。

「ねえ、クエさんは何を怖がってるの。何を怖がらなきゃいけないの」

咏子にはまるで見当がつかない。

「言っとくけど、クエさんはあの騒ぎとは無縁だよ。わたしや吉澤さんが関わりないのと同じぐらい関わりないから」

「断言できる？」

問われた。桃子は顎《あご》を上げ、挑戦的にも感じる口調で問うてきたのだ。

「クエさんが無関係だって、三上さん、言い切れるの？」

咏子は口の中の唾《つば》を呑み下した。喉《のど》が渇く。今まで感じもしなかった渇きを覚える。グラスの水を飲み干し、桃子を見据える。

「言い切れるわ。少なくとも爆発物を仕掛けた犯人じゃない」

「断言できちゃうの？　どうして？」

「あの日、わたし、クエさんと一緒だったもの。朝からずっと一緒に仕事をしてたの。クエさん、お昼まで図書館どころかトイレにも行かなかったわよ」

「時限装置が付いてたかもしれない。夜の間に仕掛けておけば、爆発した時間に図書館にいなくてもいいわけでしょ」

「吉澤さん、わたし、爆発物なんて全然詳しくないんだけどね、図書館に仕掛けられた物って相当の大きさだったみたいなの」

「ええ、コンビニの鮭弁ぐらいの大きさはあったってネットに載ってたね。ネット情報だから本当かどうかはわかんないけど、そこそこの大きさはあったんだろうね。それが、便器の横に取り付けてあったって。わたしも、ああいう物がどういう構造になって、どう発火したり発煙したりするのか、まったくわからないんだけど」

「図書館は九時に開館するの。その前に職員の人たちが館内を掃除するのよ」

桃子が瞬きする。何を言いたいのと尋ねるように首を傾げた。

「むろん、トイレも掃除するでしょ。前に図書館に行ったとき、司書さんが『今朝トイレ掃除してたら、大きな蜘蛛《くも》がいた』って話してたの聞いたことあるもの。ね、吉澤さん、爆発物が夜の間に取り付けられてたなんて考えられないの。もしそうなら、必ず見つけられてたはずよ。あれは、図書館が開いてから誰かが持ち込んだものなのよ。そして」

桃子を見詰めたまま続ける。

「その誰かが誰なのかわからないけど、クエさんじゃない。それだけは確か」

桃子が顎を引く。ふうっと音がするほど大きな息を吐く。

「以上、証明終わり、ね。うん、お見事。三上さんってミステリーのファン？」

「わたし？　いいえ」

「そうなの。ずい分と理論的に詰めてくるから、ミステリーファンかと思ったわ」

ミステリー小説が嫌いなわけではないけれど、人が殺されたり、血が流れたりする場面は苦手だ。もっと静かでささやかな物語かエッセイが好きだ。そういえば、もう長い間、本なんて読んでいない。映画も観ていない。美術館や博物館とも縁が無くなって久しい。コロナのせいではない。国中が、いや、世界中がこの厄介なウイルスに翻弄《ほんろう》されるずっと前から、遠ざかっていた。本も読まない。映画も観ない。せいぜい、テレビのドラマを目にするぐらいだ。それだって、ソファーに座ってじっくり鑑賞、なんて真似はできない。子どもたちが学校から持ち帰る諸々《もろもろ》のプリントに目を通すのも、紗希の勉強に付き合うことも、丈史のワイシャツを手洗いすることも日常の仕事だ。弁当の下拵《したごしら》えも、カーペットの染みとりも、シンクの掃除もある。自分のために使う時間なんて、無いに等しい。こうやって、桃子と話をする時間だって捻出《ねんしゅつ》するために苦労した。

そこまで考え、息を吸い込む。

吉澤さんもそうじゃないかしら。

吉澤桃子だって家庭がある。しかも、職種は知らないが働いているようだ。だとしたら、時間はとても貴重なはずだ。咏子が時間を費やすのは当たり前だ。先に連絡を取ったのだから。逢《あ》いたいと暗に伝えたのだから。桃子はそれに応じてくれた。咏子のために時間を使ってくれている。もう一時間以上もだ。

わたし、吉澤さんに迷惑をかけているかも……。

桃子の都合を慮《おもんぱか》りもせず、気の置けないおしゃべりや美味《おい》しいコーヒーを楽しいと浮かれていた。そんな自分を恥じる。咏子は傍らのイスに置いたバッグを掴《つか》んだ。目の前に座る桃子は、僅《わず》かに眉《まゆ》を顰《ひそ》め、見ようによっては気難しい顔付きになっている。

「吉澤さん、あの、ごめんなさい。もしかして迷惑だったら」

「わたし、少しわかる気がするの」

「え？」

「クエさんが怯えるの、わかる気がするんだ。わたしも怖いから」

「吉澤さんが怖い？　え、何で？　あの爆発騒ぎが怖いの」

「うん……怖い。早めに犯人が捕まってくれればいいけど。そうじゃなくて、なかなか捕まらなくて、第三、第四の事件が起こったらって想像しただけで寒気がする」

冗談や嘘ではない証《あかし》のように、桃子の眼差しが暗くなる。頬の色も心持ち褪《あ》せた。

「どうして？　どうして、クエさんや吉澤さんが怖がるの。まさか、狙われたりしてるわけじゃないでしょ」

「狙われてるって、命が？」

「命かどうかはわからないけど、吉澤さんに危害を加えようとする人がいて……えっと、それで、どういう経緯《いきさつ》になるのか見当がつかないけど、あちこちに爆発物を仕掛けることで吉澤さんを脅かしていて……」

桃子の瞬きが多くなる。睫毛《まつげ》が何回も上下する。咏子は肩を竦《すく》めた。

「そんなわけ、ないか」

「ないわね。三上さん、ミステリーじゃなくてハードボイルドが好きなんだ」

咏子は苦笑する。しゃべっている途中で、ずい分と荒唐無稽《こうとうむけい》な話をしていると気が付いた。少し恥ずかしい。けれど、羞恥心《しゅうちしん》よりも驚きの方が勝っていた。

わたしは荒唐無稽な想像ができるんだ。

地に足が着いた生き方をずっとしてきた。現実の道を一歩一歩、踏みしめて生きてきたのだ。道を外れることも、寄り道をすることもなかった。根のないふわふわした夢は嫌いだ。夢想するのも決して手の届かない何かを追い求めるのも、嫌だった。おもしろみに欠けた、ありふれた人生だと、十分に自覚している。〝つまらない生き方〟と鼻で嗤《わら》う者もいるだろう。けれど、ありふれた人生が、つまらない生き方がどれほど貴重なものか咏子は知っていた。それを手に入れ、守り続けるためにどれほどの努力がいるかも身に染みてわかっている。

父は現実と闘えない男だった。自分を誰より優秀で有能な者だと信じていた。自恃《じじ》とか自尊とか誇り高いとか前向きとか、そんな真っ直ぐな心意気ではない。自己愛、自分だけしか愛せない人物だったのだ。全国でも最高ランクの高校から最高ランクの大学に進み、卒業して社会人になった。そして、そこで初めて現実とぶつかった。自分が凡庸であること、抜きん出た才能を何も持っていないこと、学んで覚える能力は高くとも知識を活用できる才に乏しいこと、学力云々《うんぬん》が通用するのは学生の間だけに過ぎないこと。そういう現実だ。父はぶつかった現実を乗り越えようとも、真正面から見詰めようとも、自分の生き方を変えようともしなかった。咏子が覚えている父の口癖は、「おれは不運なのだ」だった。不運だから世間に認められない、不運だから高給な仕事に就けない、不運だから能力を発揮できない、不運だから、不運だから、おれは不運だから……。

溜《た》まり続ける鬱憤《うっぷん》や不満は家族に向けられ、妻や子を罵倒《ばとう》し責めるのが唯一のはけ口になってしまう。不思議なのは、夫から理不尽に詰《なじ》られ、苛《さいな》まれる母が同じように娘を詰り、苛むことだった。父は暴力は振るわなかったが、母は時々、咏子の頰を叩《たた》き、足蹴《あしげ》にした。「あんたさえいなければ、お父さんと別れられるのに」

そう言いながらこぶしで殴ってきたことさえあった。折檻《せっかん》も小学校の高学年になるころには収まっていたが、反動のように母は無気力になり、家事のほとんどを無視するようになった。埃塗《ほこりまみ》れの床、生ごみの臭い、積み上げられた洗濯物。

崩れてしまうなら崩れてしまえばよかったのだ。なのに、崩れるぎりぎり手前で父も母も立ち止まり、体裁だけは保っていた。家の中は荒れているのに庭はそこそこ整えられ、父は転職を繰り返しながらも仕事には出かけていた。母は離婚もせず、別居もせず、今も父と暮らしている。長い年月、連絡を取っていないし、これから取ることもないだろう。「もしこうだったら」「運さえ良ければ」「時代が違っていたら」「この人と一緒になりさえしなければ」「あんたさえいなければ」。父も母も、「もし」と「れば」と「たら」でしか、物事に向かい合えない人たちだった。現実に向き合わない、向き合えないのだ。

わたしは違う。

わたしは現実から逃げない。自分の手で自分の現実を守る。ささやかな、ありふれた、つまらないと人が嗤う現実を大切に抱き締める。だから、荒唐無稽な現実味のない話とは無縁だと思っていた。夢見ることからも、想像の中で遊ぶことからも目を逸《そ》らしてきた。

「そうなのよ。三上さんの言う通りなの」

桃子が胸の上で手を重ねた。

「え？　言う通りって？」

「実はわたし、さる王国の姫ぎみなの。わけあって、日本に亡命してきたのよ。身分も含め正体を隠してね。今まで黙っていて、ごめんあそばせね。許してたもれ」

「はあ……」

「でも、国の秘密組織に気付かれて命を狙われておるのじゃ。由々しき事態よのう。わらわはどうすればよいか、まことに苦しゅう思うて、あっ痛っ」

桃子は手で口を覆い、顔を歪《ゆが》めた。

「舌を噛んじゃった。使い慣れない言葉、使うもんじゃないわ」

「もう、吉澤さんたら」

噴き出してしまう。おかしくて笑ってしまう。桃子も肩を震わせて笑っていた。夢なんか追わない。現実を見据えて生きる。でも、笑える。馬鹿馬鹿しいやりとりに笑える。荒唐無稽な想像もできる。

おかしくて、恥ずかしくて、驚く。そして、どうしてだか、安堵《あんど》する。自分の中に柔らかな想いが残っているようで、ほっとできる。そのせいか、心も口も軽い。躊躇《ためら》わずに、桃子に尋ねてみた。

「けどね、吉澤さん、ほんとの話、何が怖いの。吉澤さんとクエさん、どう繫《つな》がるの」

問い掛けの言葉にしてみると、改めて首を傾げたくなる。桃子は何を恐れているのか。その恐れはクエのあの怯えと、どう繫がっていくのか。わからない。

「うん。そうだね。話してたら長くなるけど……、三上さん、時間かまわない？」

「わたしは大丈夫。でも、吉澤さん、忙しいんでしょ」

「まあね。年中ドタバタしてるんだけど、今回の騒ぎでさらに」

リッリリッリー、リッリリッリー。電子音がする。桃子の眉がひくりと動いた。

「ごめん、仕事の連絡。ちょっと、失礼するね」

バッグから取り出したスマホを耳に当て、桃子が店の外に出て行く。

「はい、吉澤です。どうしたの……うん、あ、やっぱり……それでどれくらい……」

内容はわからないが、口調が強張《こわば》っている。あまり、よくない報《しら》せのようだ。

ふっと思い出した。『スカイブルー』の事件があった日、桃子は咏子を案じて連絡をくれた。その電話を切る直前に、呟いたのだ。

やだ、嫌な予感がする。

翔琉が気になって、すぐに忘れてしまった一言だ。あれは、どういう意味だろう。〝嫌な予感〟とやらと、桃子が今口にした恐れは重なっているのだろうか。そして、クエは、ベトナム国籍のあの女性は、どこにどう関わってくるのだろう。

空になったコーヒーカップとプリンの容器を眺めるともなく眺める。

そういえば、まだしゃべっていない。

その事実に気が付いた。わざわざ逢ってもらった理由を桃子に伝えていない。いろいろおしゃべりしたけれど、あの重苦しさも、あのもやもやも、あの居たたまれない気分も何一つ話していない。しゃべるのを躊躇っていたわけじゃない。失念していたのだ。

咏子はそっと胸を押さえてみた。

取り留めのない話を他人と交わす。それだけのことで、胸が軽くなる。何が解決したわけでもないのに、すっと息が通る気がする。むろん、話を交わす相手によるのだろうが。

桃子が駆け足で席に帰ってきた。少し息が荒い。眼差しも暗みを帯びたようだ。

「どうかしたの」と言うより先に、桃子が両手を合わせた。

「三上さん、ごめん。急用ができちゃった」

「あ、そうなんだ。お仕事？」

「うん。本当は午後休取ってたんだけど、ちょっと厄介な問題が持ち上がっちゃって」

「それ、さっきの話と関係あるの？」

尋ねておきながら、咏子は慌てて口を押さえた。無遠慮に桃子の個人的な場所に踏み込んでしまった。厄介な問題と桃子は言ったではないか。厄介であればあるほど他人が気安く触れられない、触れてはならない面を持つ。わかっているのに、つい……。

さっきの荒唐無稽な話よりずっと強い羞恥を覚える。

「まだ、はっきりしないけど、多分あると思う。恐れていたことが現実になるってやつ」

布製のカバンを肩に掛け、桃子が伝票を手に取る。

「あ、吉澤さん、ここはわたしが払う」

「いいわよ。呼び出したのわたしだから」

「わたしが、思ったの。逢いたいって。だから払う」

くすっ。桃子が笑った。目尻《めじり》に皺《しわ》が寄って、愛嬌《あいきょう》が零《こぼ》れる。

「三上さんて強情だよね。一度決めたら、なかなか妥協しない。まっいいかで済まさない。そういうタイプだよねえ」

言葉だけ聞いていると非難されたようにも、呆《あき》れられたようにも感じるだろう。しかし、愛嬌のある笑顔のおかげで、自分が非難されているわけでも呆れられているわけでもないと確信できる。咏子も笑みを作り首肯する。

「そうなの。自分でも面倒くさい性格だと思う」

「確かに、面倒くさいかもしれないわね。でも、美点でもあるわね」

「そうかな」

「うん。他人の話をきちんと聞けて、他人の立場を理解しようとする。その上で強情で、まっいいかで済まさないの、美点だよ。話は聞けないし、理解する気もないとなると、どうしようもない欠点になるけどね。ルワンダ人に〝昭和の男〟を力説するタイプかな」

桃子は財布を取り出し、もう一度笑った。

「ここは、ワリカンにしようか」

「ええ」

五百円玉をテーブルに置いて、桃子はちらりと咏子を見た。

「三上さん、また、連絡していい？」

「え？　うん。もちろん。連絡くれるの。嬉《うれ》しい」

思わず語尾が跳ね上がってしまった。一時間程度に過ぎないけれど楽しかった。おかげで、胸の内が軽くなった。自分の言葉や思案が伝わり、相手の一言一言が心に染みた。久々の、いや、もしかしたら初めての経験かもしれない。

「また、逢いたい。連絡、待ってるわ」

「うわっ、三上さん、素直な愛の告白だわね。マジ、嬉しいぜ」

片目をつぶり、マスクを着け、桃子は足早に去っていった。はっきりとは言わなかったが、かなり差し迫った問題があるようだ。

何事もなければいいけど。

店のドアにはカウベルが取り付けてあって、人の出入りとともに賑《にぎ》やかな音を奏でた。そういうところも、昭和っぽい。

ガランガランと響くのどかな音を聞きながら、咏子は僅かに騒ぐ胸に手をやった。


鮭の切り身を家族の人数分、シメジと一緒にホイルに包む。夕食のメニューは、鮭のホイル焼きと豚汁、野菜サラダだ。食物繊維をたっぷり摂取できるように野菜やキノコを多めに使う。下拵えを済ませ、リビングのイスに座る。それから、咏子はスマホを取り出した。丈史からＬＩＮＥが入っていた。

今日、食事は外で済ませる。

たった一行の、短い伝言。

夕食不要の連絡なら、もう少し早くしてほしい。咏子は三分前に届いた一行をもう一度、視線でなぞる。妻が夕食の材料を買うために、それらを下拵えするために夕食のずっと前から働いているなんて、丈史は考えたこともないのだろう。頭ではわかっていても、心を馳《は》せたことがないのかもしれない。帰れば、夕食が用意されているのが当たり前、いらなければ一行の文でいらないと告げれば、それでお終《しま》い。そういうことだろう。

わかりました。

咏子も短い返事を送る。あれこれ考えても、仕方ない。余った鮭やサラダは明日《あした》の弁当に使えばいいだけのことだ。拘《こだわ》らなくていい。

ため息を呑み下す。それにしても、このコロナ禍の中、丈史は外食するのだろうか。駅近くの飲食店は対策を徹底しているから大丈夫だと、数日前に話していた気がする。大丈夫とか大丈夫じゃないとか、誰に決められるのだろうと思う。もっとも、咏子も今日、桃子と向き合っておしゃべりしてきたわけだから、とやかくは言えない。ただ、桃子は喫茶店のイスに座りマスクを取りながら、「わたし、検査してるから。一応、陰性だからね」と告げた。咏子も検査は受けている。パート先と関わりのある会社の社員が一人、感染者となった。鳥鳴縫製所に出入りしていたわけではないが、安心のためにも正社員はもちろんパートも派遣も従業員全員が検査をする必要がある。会社側から通達されたのだ。検査を受けることに抵抗はなかったし、「地域の感染予防の見本となろう」と説く上司の言葉も納得できた。ただ、検査費用を会社が全額負担すられるのは正社員のみ。その他は勤務実績によって三割から全額自己負担での受検に分けられると聞いたときは、驚いた。腹立たしくもあった。久美子などは、

「そんな馬鹿な話がある？　正社員だろうが非正規だろうがパートだろうが同じ所で働いてるんでしょ。なのに区別しちゃうわけ？　区別じゃなくて差別だよ。パートを何だと思ってんの。ふざけないでもらいたいわ」

と、まくし立てていた。その遠慮のない大声もマスクを着けないで声を張り上げる配慮の無さも、普段なら忌み、疎んじたかもしれない。けれど、あのときばかりは久美子の言い分に心底から同意していた。一緒に怒鳴りたい気分にさえなった。けれど、福利厚生の関係で仕方ないのだと弁明され、検査を受けない者は最短でも二週間、仕事から外れてもらわざるを得ないと脅され、結局、ほぼ半額自己負担で受検してしまった。

この世は平等なんかじゃない。人と人との間に線引きがしてある。

人が引くのだ。線を引いてあちらとこちらに分けるのも人、分けられるのも人。パートの扱いに憤っていた久美子だって、実習生の待遇については一言も触れなかった。パートと同額か、より低い賃金で働く実習生たちはどうしただろう。一万円以上掛かる費用を捻出できたのだろうか。

線引き、あちらとこちら、不平等、格差……。クエの不安げな顔が浮かぶ。

咏子はかぶりを振った。

仕方ない、仕方ない。考えてもどうしようもない。どうしようもないことは考えない。考えなければ、胸の内にも自分の周りにも波風は立たない。穏やかでいられる。

もう一度スマホを手に取る。検索バーに入力する。

ルワンダの虐殺

二十世紀最大の悲劇とも呼ばれる。１９９４年、フツ人系の政府およびそれに同調する過激派フツ人の手によって、百日間で少数派ツチ人と穏健派フツ人八十万人が殺害された。フツ系大統領が何者かに暗殺されたことをきっかけに抗争が激化したとされる。

ルワンダの虐殺とは、部族間抗争の最も悲劇的な例として、アフリカのみならず人類の歴史に残る事件であり……。

小さく叫んでいた。写真が載っていたのだ。画像が粗くてはっきりしないが、赤茶けた土の上に死体が並んでいるように見えた。その傍らには鉈《なた》や銃らしき物を携えた男たちが立っていた。

頭の隅が鈍く痛む。微《かす》かだけれど吐き気がした。

何これ？　何なの。百日で八十万が殺害って、何の話？　同じ国の人々を殺したの？　自分と同じ国の人を……。

ルワンダがアフリカ大陸のどこにあるのか知らなかった。どんな国なのか、どんな人が住んでいるのか今でも知らない。知ろうとしたこともなかった。昨日まで〝ルワンダの虐殺〟なんて、意識のどこにもなかった。桃子から話を聞かなければ、検索しようとは決して思わなかっただろう。

吉澤さんは、今もルワンダと関わり合っているのだろうか。昔話をしただけのようには、思えなかったけど。

カタッ。小さな物音がした。振り向く。

翔琉がいた。通学用のディパックを背負い、気だるげに立っている。なぜか鼓動が速くなった。息が痞《つか》える。「お帰りなさい」。その一言が出てこない。翔琉はのろのろした足取りで近づいてきた。咏子の手元、スマホの画面にちらりと目をやる。眉が僅かに顰められたようだ。

「何、それ？」

翔琉がスマホに向かって顎をしゃくる。眉は顰められたままだった。

咏子は慌ててスマホを置き、立ち上がった。

「お帰り。早かったのね。全然気が付かなかったわ」

「スマホに夢中になってたからじゃないの」

翔琉は軽く肩を竦めた。翔琉の物言いを平坦《へいたん》だと感じるようになったのは、いつごろからだろう。感情の起伏があまりなく、何をしゃべっても淡々と聞こえる。だから、『スカイブルー』の爆発騒ぎのときの昂《たか》ぶりや四日前の食卓で露《あら》わにした怒声に、驚きも戸惑いもしたのだ。もっとも、翔琉とじっくりしゃべった覚えは、このところほとんどないけれど。

「あ、翔琉」

リビングを出て行こうとする息子を呼び止める。翔琉がゆっくりと振り向いた。

「あの……あのね、ルワンダの虐殺って知ってた？」

なぜ、そんなことを問うたのか自分でもよくわからない。会話の減った息子とどんな話題でも話をしたかったのか、ただ単に名前を呼んでしまっただけなのか。

翔琉が瞬きする。両眼を僅かに細める。

知っているわけがない。生まれる前の、海を隔てた遥《はる》か遠国の出来事だ。ルワンダなんて国があるのさえ知らないのではないか。

「知ってるけど」

あっさりと翔琉が答える。それから、ちらりと母親に視線を当てた。

「詳しくはわかんないけどさ、フツとツチの部族間抗争ってやつでしょ」

「まあ、よく知ってたわね。え？　こういうことも学校で習うの？」

まさかと翔琉が笑う。唇がめくれただけの薄笑いだった。

「地理ならともかく、アフリカの歴史なんて教科書にはほとんど載ってないよ」

「でも、あんた知ってるんでしょ」

翔琉がまた瞬きした。薄笑いは浮かんだままだ。

「母さん、おれら、教科書で習うことだけしか知らないって思ってんの？」

「そんなこと思ってないわよ。ただ、あんたがルワンダのこと知ってるの、意外だったから……」

翔琉の笑みが消えた。ふっと真顔になる。

「母さんこそ、どうして急に？　今までルワンダどころかアフリカの話なんて一度もしたことなかったくせに。あ、一度、エジプトのピラミッドがどうとか言ってたっけ？　けど、アフリカの国に興味、なかっただろう」

図星だ。ピラミッドを一度、生で見たいと口にした覚えはあるが、アフリカという大陸に心を馳せたことはない。それこそ、遥か遠くの異国、幻と大差ない感覚だった。

「どうして急に？」

翔琉が同じ問いを繰り返す。視線が咏子の顔からテーブルの上のスマホに移る。

「あ、えっと、友だちとおしゃべりしていてルワンダの話題になったのよ。その人、子どものころ家にルワンダ人が下宿してたんだって。だから、えっと、ちょっと調べてみたの。まさか、こんな残虐な出来事があったなんて……。信じられなかったわ」

偽ることでも隠すことでもないから、正直に告げる。翔琉が耳を傾けてくれるのが嬉しかった。このところ拒まれたり、うるさがられてばかりだったから、久々にちゃんと話ができる一時が仄《ほの》かに嬉しいのだ。

「部族が違うといっても、同じ国の人を無差別に殺すなんてぞっとしちゃった」

これも偽りではない。今でも少し背筋が寒い。

「そんなの、どこでもあることだろ」

今度は咏子が瞬きしていた。二度、三度。その後、しげしげと息子を見詰める。

どこにでもあること？　虐殺が？　何を言ってるの？

思いは巡るけれど言葉にはならない。してはいけない気がする。

「だって、日本だってずっと国内で殺し合いやってたじゃんか。戦国時代も明治維新もみんなそうだろ。他の国だって、そーいうのがないとこ、あるのかな」

「でも、虐殺っていうのとは……」

「違わないっしょ。ま、虐殺ってのが一方的に殺しまくるって意味だとしても、そんなのどこの国のいつの時代だってごろごろしてる。今だって、あちこちで起こってるさ。母さんが気が付いてないだけじゃないの」

咏子は我知らず、スマホを摑んでいた。転がった死体や鉈や銃を手にした男たち。さっき見たあの光景が今も、どこかで繰り返されている。

頭ではわかる。今も戦争があり、紛争があり、人間の血が流れている。ニュース番組で度々報じられているし、新聞で読みもした。けれど、ここは、咏子が立っている三上家のリビングは明るく、静かで、命を脅かす何物も何事もない。戦争とも紛争とも隔たっている。日本とアフリカの間よりさらに遠く隔たっている。気持ちの中で、そう感じていた。

わたしには関わりないことだ。関わりようもないことだ。

「人間ってすげえんだよ。同じ種で殺し合えるんだからさ。餌にするとか縄張りに入ってきたとかじゃなくても殺せるんだぜ。そういうのって、すごくね。無茶苦茶、残酷だよな」

「翔琉、やめて。すごいなんて言わないで」

「唐揚げ」。そう言って、翔琉は口元を引き締めた。

「は？　何のこと？　何で急に唐揚げなんて出てくるのよ」

「この前の唐揚げさ。母さんが紗希を怒鳴ったやつ」

「怒鳴ってなんかいないでしょ。紗希のためを思って、少し控えなさいって言っただけよ。怒鳴ったのはあんたじゃない。突然、怒り出して、結局、晩御飯をろくに食べなくて」

「紗希は唐揚げが大好物じゃないかよ。それを目の前にどんと出しといて、太るから控えろ。我慢しろ。おまえのために言ってるんだなんて、残酷だと思わなかった？」

一瞬、息が詰まった。喉の奥に空気の塊ができて気道を塞《ふさ》いでいる。そんな感覚だ。この子の言ってることが、わからない。本当に理解できない。どうしてここに唐揚げが出てくるわけ？　関係ないじゃない。何の関わりもないじゃないの。

母親の戸惑いや混乱にかまわず、翔琉は続けた。

「母さん、わかってたんじゃないのかよ。紗希が唐揚げを欲しがるって。欲しくて、でも我慢しなきゃならなくて苦しむって、わかってたっしょ」

咏子は喉に力を入れ、空気の塊を呑み下す。声が出た。

「苦しむって、何よそれ。大げさなこと言わないで。たかだか唐揚げでしょ。紗希だってちゃんと納得してたわ。あんたの言ってることって、ほとんど言い掛かりよ」

「紗希は納得するさ。納得して母さんの意に沿うように振る舞うに決まってる。そうしないと、母さんから嫌われるって思ってんだ。嫌われたくなくて、びくびくして、母さんの気に入る〝いい子〟を一生懸命、演じてんじゃん。見てて、わかんねえの」

翔琉の物言いは攻撃的でも挑戦的でもない。淡泊にさえ感じられた。なのに、強い力で胸を突かれた気がした。

「いい加減にしなさいよ。馬鹿なことばっかり言って……」

口をつぐみ、唇を噛む。翔琉は無言で母親を見据えていた。

涙目で見上げてきた、紗希の顔が浮かぶ。同時に、あの夜のシンク前でのやりとりがよみがえってきた。

ママね、もう、紗希のことかまわないことにしたわ。

明日から、もう食べたいなんて言わない。ごめんなさい。

動悸《どうき》がする。とっさに胸を押さえた手のひらに、速い鼓動が伝わってくる。

どくっ、どくっ、どくっ、どくっ、どくっ。

お母さん、ごめんなさい。ちゃんと言うこと聞くから。いい子にするから。

知らないよ。あんたみたいな子、お母さんは、もういらないんだからね。捨てちゃうよ。他所《よそ》にやってしまうよ。そしたら、どれだけ清々するかしらねえ。

嫌だ。ごめんなさい。お母さん、ごめんなさい。

鼓動と一緒に、母と娘の声が、冷ややかな母に縋《すが》る娘の声が響く。

紗希？　違う、縋っているのはわたしだ。わたしが、あの親と同じことをしている？　紗希を苦しめている？　苛んでいる？　まさか、そんなことあるわけがない。

こんなに、愛しているのに。大切に慈しんできたのに。

「母さんだけじゃない。みーんな、残酷なんだよ」

翔琉の口調と眼差しに暗みが混ざる。咏子を憐《あわ》れんでいるようにも、我が身を悲しんでいるようにもとれる暗みだ。

「虐殺、虐殺って言うけどさ、敵と戦って惨《むご》い殺し合いをしたってケースばっかじゃないんだぜ。むしろ、そういうの少ないんじゃね？　ほとんどは、強いやつが弱い方を一方的に殺《や》ったってやつでしょ。兵士が一般人を一か所に閉じ込めて焼き殺したり、捕虜を何十人も殺して穴に埋めたり、昨日までの友だちだったり、仲間だったり、お隣さんだったりを襲って皆殺しにしたりさ。ジェノサイドって」

そこで、翔琉はひょいと顎をしゃくった。

「スマホで検索してみなよ。わさわさ出てくるぜ」

手の中のスマホを重いと感じる。咏子は無言でかぶりを振った。気分が悪い。さっきより強い吐き気を覚える。手のひらにうっすらと汗をかいていた。

「人間って誰もが残酷なもんなんだ。そういう生き物なんだよ」

翔琉が横を向く。小さく何かを呟いた。聞き取れない。

何か言わなくては。言い返さなくては。

そうは思うけれど、舌が動かない。動悸は止まらず、汗は乾かない。

翔琉が背を向けた。リビングを出て行く。若さを見せつけるような俊敏な動作だった。入れ替わりに、紗希が入ってくる。

「ただいま。ママ、お兄ちゃんどうかした？　すごい勢いで階段、上がっていったよ」

「紗希……」

「え？　ほんとにどうしたの？　喧嘩《けんか》した？　やだよ、喧嘩なんかしないで」

紗希の眼差しが不安げに揺れる。咏子は何とか微笑んでみた。

「紗希は喧嘩は嫌い？」

即座に答えが返ってきた。

「嫌い。大嫌い」

いやいやをするように、紗希が首を振る。珍しいほど、強い口調だ。

「喧嘩したら誰かが泣くよ。そんなの嫌だもの」

「……そうね。誰かが泣くのも、苦しむのも嫌だよね」

「うん」。紗希が深く頷く。咏子は手を伸ばし、娘の身体を抱き込んだ。

温かい。人の温《ぬく》もりと息遣いが染みてくる。

「紗希は優しいね。優しい子に育ってくれたね」

この温かな身体にしがみ付きたい。そんな心持ちになる。ガラス戸越しに見上げた空には夕暮れが忍び寄って、仄かに紅《あか》かった。

気が重い。頭が重い。身体が重い。

昨夜《ゆうべ》よく眠れなかったせいかもしれない。

翔琉に言われた一言、一言が心に引っ掛かって、眠りを妨げてしまった。いや、翔琉のせいじゃない。息子の言葉を一笑に付せられなくて、気持ちがざわつき眠れなかったのだ。それでも朝は来るし、いつも通り家事は熟《こな》さなければならない。

弁当を作り、朝食を拵え、手早く洗濯を済ます。

いつもと変わらず慌ただしい。それでも、その慌ただしさのおかげで、取り留めない想いに浸らずにすんだ。翔琉もいつも通りだった。いつも通りほとんど口を利かず、もそもそと朝食を平らげ、出て行った。昨夜、帰宅が午前0時近かった丈史は寝不足の少しむくんだ顔付きで、紗希は変わらず軽やかな足取りで職場や学校へと向かう。

咏子も食器を片付けると、チロに水と餌を用意し、パートのために家を出た。

頭の隅に感じていた微かな痛みは、鳥鳴の駅に降り立ったころには鈍い疼《うず》さになっていた。昨日の翔琉の言葉や薄笑いが耳の奥にも眼の底にも張り付いている。

虐殺、残酷、唐揚げ、人間って、みーんな、紗希が、意に沿うように、ジュノサイド……。一つ一つが漣《さざなみ》に似て寄せてはかえし、また寄せてくる。

「おはよう」

陽気な声音とともに背中を叩かれた。衝撃と呼ぶのは大げさだが、叩かれた感触が頭に響いて、疼きが強くなった。

「三上さん、どうしたの。朝から浮かない顔して」

蔵吉久美子が首を傾け、覗き込んできた。今日は青いデニムのマスクを着けている。

「あ……蔵吉さん、おはよう。マスクしてるのに表情までわかる？」

頰に手をやり、尋ねていた。皮肉ではない。マスクをしていると顔の下半分は覆われてしまう。詠子など、他人の顔がみな一様に見えて喜怒哀楽がほとんど読めない。

マスク越しに久美子がくすりと笑った。

「表情じゃなくて歩き方。三上さん、いつも背筋真っ直ぐでシャキッと歩くじゃない。初めて見たとき、かっこいい歩き方する人だなあって見惚《みと》れてたもんね」

「え、そ、そうなの」

自分の歩く姿勢なんて気にしたことがなかった。ただ子どものころ、うつむいたり、とぼとぼ歩いていると必ず、母から叱責《しっせき》された。それで知らぬ間に背筋を伸ばす癖がついていたのだろうか。自分自身についてさえ、わからないもの知らなかったことが多くある。

「けど、今、後ろ姿がちょっと老けてたよ」

久美子の眼が細まり、マスクが僅かに膨らんだ。笑ったらしい。

「足、引きずってるって感じでさ。元気ないよね。体調悪いの？」

「うん、ちょっと頭痛がするの。昨夜、よく眠れなくて」

自然と指がこめかみにいく。力を込めて、押してみる。

「うわっ、そりゃあヤバイわ」

久美子が大げさにのけ反った。半歩、咏子から離れる。

「駄目だよ、三上さん。そんなこと軽々しく口走っちゃ。今のご時世、風邪気味だとか頭が痛いとか熱があるとか、みーんな禁句。他人に聞かれちゃ駄目なの」

久美子は両腕を胸の前で交叉《こうさ》させた。もう笑っていないようだ。

「それって、コロナを疑われるから？」

「そうよ。当たり前でしょ。今ほど体調不良を訴えるのがヤバイ時代はないんだから」

「時代って、大げさじゃない。それに、わたし、ちゃんと検査してるし」

久美子がわざとだろう、眉間に皺を寄せて、チッチッと舌を鳴らした。

「もう、三上さん、甘いんだから。あんみつの上に蜂蜜《はちみつ》垂らしたぐらい甘いわよ。検査したとか感染対策やってるとか関係ないの」

あんみつと蜂蜜の喩《たと》えには笑えたが、久美子の口吻《こうふん》はどことなく張り詰めて、笑いを拒むような硬い響きがあった。ただ、こうしてしゃべりながら歩いていると、頭の痛みが薄れる。思案が翔琉から離れて、少し楽になる。いつもは鬱陶しい久美子の饒《じょう》舌《ぜつ》を今日はありがたく感じていた。我ながら現金なものだ。

「うちの近所に、長谷川《はせがわ》さんって八十代のお爺《じい》さんがいるの。奥さんに先立たれて、十年ぐらい独り暮らしでさ。ほら、よく言われてる独居老人ってのね」

久美子がすっと声を潜める。つられて耳をそばだてていた。夏の日差しが降り注ぎ、肌を焼く。身体のどこよりも早く、マスクの下に汗が滲《にじ》んでくる。

「ちょっと頑固なとこあるんだけど、キホンいい人なのね。家庭菜園の野菜を近所に配ったり、子どもの登下校のときの見守りとかしてくれる気のいいお爺ちゃんなんだけどさ。その長谷川さんがこの前、道端で倒れちゃったんだって。あたし知らなかったけれど、長谷川さん、喘息《ぜんそく》の持病があって、その発作が出たみたいなの。咳《せ》き込んで、道にしゃがみ込んでしまって。でも、誰も近づかなかったらしいの。人通りが少ない道ってのもあるんだろうけど、通行人や車や近所の人がいないわけないのにさ、暫《しば》く放置されてたって」

足が止まる。青いマスクに覆われた顔を見やる。

「まさか、その長谷川さんて方、亡くなったとかじゃ……」

「あ、それはないいない」

久美子が右手を左右に振った。その手を今度は前後に動かし、歩くように促す。

「結局、誰かが、たぶん、近所の人だと思うけど119番通報したみたい。救急車が来て、長谷川さんはそのまま入院したんだと思うよ。でも、もうちょっと救急車が遅かったら、わかんなかったよねえ。えっと、だからさ、これまでだったら、誰かが助け起こして病院に運ぶとか、119番するとかあったはずだけど、119番はともかく、誰も近寄らなかったわけ。もしかしたらコロナかもって、びびっちゃったんだよね。しかもさ……」

久美子はマスクを引っぱり口周りに小さな空間を作ると、息を吐いた。

「長谷川さんが感染したって噂が広まっちゃって、もう、大変。長谷川さん家《ち》の玄関がガムテープをべたべた貼られて、えっと何て言うの、封印？　封鎖？　どっちでもいいんだけど、そのテープの上にフェルトペンで〝出入り禁止〟なんて書かれてたの」

「それ、本当の話？　日本でそんなことが起こってるの」

「日本どころか、あたしの近所の話よ。あたしね、自分の目で見たんだよ。長谷川さん家の玄関が大変だって聞いて、見に行ったの。まさかねって気持ちで、半分おもしろがってたな。そしたら、本当だった。本当にガムテープがべたべたで、黒や赤のフェルトペンで〝出入り禁止〟だの〝危険〟だの〝帰ってくるな〟だの書かれてて……おもしろがるどころじゃなかった。ぞっとしちゃって、走って家まで帰ったわよ」

「蔵吉さん、そんなことした人に心当たりないの？」

ちらり。久美子の黒目が動く。束の間、視線が咏子に注がれた。

「心当たりあったらどうするの？　その人のこと非難するわけ？　人間としておかしいって責める？　それだったら、長谷川さんを助けなかった、見て見ぬ振りをしていた人たちも同罪だって思わない？　あたしは……思っちゃうな。思うだけで何にも言えないけどね。長谷川さん家の、あの玄関見たら、言う気なんか失《う》せちゃうよ。怖くてさ。うん、マジで怖かった。だから、あたしね、ほら」

　久美子がデニムのマスクを外した。不織布の白いマスクが現れる。

「二枚重ねにしてるの。何気に下のマスクを見せたりして、ちゃんとやってますよってアピールすることにした。でないと、何を言われて、何をされるかわかんないもの。自分の身は自分で守らなきゃね」

　蔵吉さんはウイルスじゃなくて人間から身を守るために、マスクを着けてるの。

　問いかけた一言を喉の奥に押し返す。

　答えは明らかだ。久美子は人を恐れている。

「ね、三上さんなら、どうする？」

　横断歩道を渡りながら、久美子が小声で尋ねてきた。

　ウイルスと人と、あなたはどちらが怖い。

　一瞬、そう尋ねられたのかと思った。

　どちらが怖い？　どちらが怖いだろうか。

「ね、お爺さんが道端で咳き込んでたら、どうする？」

「あ、そっち……」

年寄りが一人、うずくまっている。苦しげに咳き込み、立ち上がれずにいる。

わたしならどうするだろう。どうするだろう。

「すぐに救急車を呼ぶと思う。でも、助け起こしたりはできるかどうかわからないわ」

できない気がする。反面、現実としてそういう人を見てしまったら、とっさに手を差し出す気もする。

「わおっ、三上さんて正直だね。かっこつけて、助けますなんて言わないんだ」

「蔵吉さんは？」

「うーん、聞き返されると辛《つら》いなあ。どうだろうか。わかんないな。そのときになってみないと、ほんとわからない、わからない」

「自分でわからないのに、わたしに尋ねたの」

「あれ？　やだ、三上さん、怒っちゃった？　もう、ほんと真面目だねえ。真面目過ぎ。わからないことはわからないからさ。さらっと流しちゃってよ」

あははと笑い、久美子は足を速めた。

わかんないで済ませちゃうの？　真面目過ぎって何よ。答えないままって、卑怯《ひきょう》でしょ。

前を行く久美子の背中を睨《にら》んでしまう。

適当に誤魔化して、あやふやにしてしまう類《たぐ》いの話ではない気がする。わたしならどうするか。答えが摑めなくても、摑めないから考えなければならない気がする。こんなことを思ってしまうのも、生真面目な性質だから？

「あれっ？」

久美子が立ち止まる。すぐ後ろを歩いていたから、ぶつかりそうになった。

「どうしたの」

久美子の肩越しに前を見る。白い車体のトラックが目の前を通り過ぎていった。幹線道路に繋がる道は道幅の割に交通量が多い。その道を挟んで、鳥鳴縫製所の三階建てのビルが建っている。敷地は広く、ビルの裏に縫製工場が一棟あって、咏子たちパート従業員の大半はそこで働いていた。咏子たちはビルを本ビル、工場を仕事場と呼んでいる。「本ビルで働いている正社員と仕事場のパートじゃ、給料格差すごいよ」と、いつかどこかで聞いた記憶がある。どのくらいの格差なのかは聞いていない。

久美子が真っ直ぐに前を指差した。

「何だか、雰囲気がものものしくない。あれ、パトカーでしょ」

「え……」

門の近くに確かにパトカーが一台、止まっている。その横で警察官と思《おぼ》しき制服の男が、熱心に何かを書きつけていた。

「敷地内にパトカーだなんて、何かあったのかな」

久美子が呟いた。咏子は首を傾げる。

「事故でもあったのかしら」

「それなら、それこそ救急車のお出ましじゃない。何か事件があったんじゃないの」

車の流れが途切れた。久美子が急ぎ足で横断していく。咏子も数歩、遅れて道を渡った。

急ぎ足のまま門を通り、久美子は躊躇いなく警察官に近づいて行った。

「おはようございます。おまわりさん」

悪びれた風もなく、笑顔で問いかける。なかなかの度胸だ。咏子にはとても真似できない。図々《ずうずう》しさと紙一重かもしれないけれど、久美子の行動力や屈託のなさが羨《うらや》ましかった。

「何かあったんですか」

五十絡みの警官は愛想笑いとしか見えない笑みを浮かべ、「たいしたことじゃないですよ。さ、お互いに仕事、がんばりましょ」と軽くいなして、パトカーに乗り込んだ。

「何よ、あれ。人を子ども扱いしてさ。失礼しちゃう」

久美子が唇を尖《とが》らせる。それこそ、すねた子どもみたいだ。

「警察官だもの。守秘義務みたいなのがあるんじゃないの。よくわからないけど」

「けどさ、何か事件があったんでしょ。そうじゃなければ警察なんか来ないものね。わー、何だろう。まさか殺人事件とか。あ、横領とかかもしれないね」

ロッカールームで着替えながらも、久美子の口は止まらない。好奇心を剝《む》き出しにしてしゃべり続ける同僚を咏子は少し奇異に感じた。

「蔵吉さん、刑事ドラマとか好きなの？」

「あたし？　そんなことないけど。ドラマとかあんまり興味ないな。バラエティとかなら少しは見るけど。今はネットの方がおもしろいもの」

「あ、そうなんだ。でも、警察とか事件には興味があるの？」

ロッカーのドアを閉めようとしていた久美子の手が止まる。眇《すが》めに咏子を見てくる。注がれる視線は尖ってはいないが、柔らかくもない。

何か気に障ることを言っただろうか。

何気ない他人の一言が心の内の傷に触れることも、苛立《いらだ》ちを搔《か》き立てることもある。咏子も何度か経験した。もしそうなら、謝らなければならない。

「蔵吉さん、あの」

「退屈だもの」

放り出すように言うと、久美子はロッカーのドアを閉めた。ガシャンと金属音が響く。乱暴な音だ。

「退屈でしょ。あたしたちの生活って代わり映えしなくて。毎日、同じようじゃない。今日は昨日と同じで、明日は今日の続きみたいな。そういうの、ちょっとでも変わらないかなって思うのよ。殺人でも横領でも事故でもいいけどさ。ちょっとの間でもたくさんの人から注目される事件が身近で起こるって、おもしろいよね。変わらない日々にほんの少しだけでも色が付くみたいな感じで」

『スカイブルー』の爆発騒ぎのとき、興奮気味だった久美子の様子を思い出す。あの事件も日常を彩る色だと、感じていたのだろうか。

もう何も言えなくて、咏子は仕事用エプロンの紐《ひも》を固く引き結んだ。腰が締まり、仕事向けに気持ちが切り替わる。

「三上さん」。名を呼ばれた。振り返ると、背の高い痩《や》せた女性が戸口に立っている。

「あ、笹川《ささがわ》さん」

笹川峰子《みねこ》というその女性は咏子より三つほど年上で、パート歴も長い。寡黙な性質だが面倒見がよく温厚で、自然とそうなったのか会社側の意図が働いているのか窺《うかが》えないが、パート従業員のまとめ役のような位置にいた。

「ちょっと来てください」

峰子が手招きする。「あら？」と、久美子が小さな声を漏らした。

「呼ばれたわよ、三上さん。もしかして警察と関係あるかも」

屈み込み、咏子の耳元に囁《ささや》く。咏子は「まさか」と答え、無理に笑って見せた。

「ついてきて。課長が呼んでるの」

峰子が促す。紺色の半袖《はんそで》ポロシャツに白いスラックス姿だ。長身の上に姿勢がいいから、そういうすっきりした服装がよく似合う。

「五尾課長が？　わたしをですか」

「わたしとあなた。すぐに、本ビルの二階に来るようにって」

「本ビルって、何の用件でしょうか」

峰子が長い首を横に振った。頬骨の突き出た横顔はこころなしか緊張しているようだ。

「わからない。課長から直接、連絡があったの。三上さんと二人、本ビル二階のA①の部屋に至急来てくれって。珍しく慌てていたみたい」

本ビルの二階には研修室や会議室が並んでいる。パートの面接のとき通されたのが、確かA①の部屋だった。十畳ほどの広さで窓が大きく、明るかったと覚えている。パート初日、他の従業員と一緒に会社概要を聞かされたのはC②という一番大きな会議室だった。あのとき以来、部屋どころか本ビルの建物自体に足を踏み入れていない。

もしかしたら……。

歩みが止まりそうになる。胸の奥がずしりと重たくなった。息を大きく吸い込み、吐く。

もしかしたら、わたしクビになるんだろうか。

そうかもしれない。はっきりと示されたわけではないが、会社の業績がそうはかばかしくないとは容易に推測できる。日本の、いや、世界の経済が大きく揺らいでいる今、鳥鳴縫製所だけが無傷でいられるわけもないだろう。「いつ潰《つぶ》れてもいいように準備しているんだよ」。誰かが言っていたではないか。

人員整理、リストラ、雇い止め、失業者、求人倍率……。いつの間にか耳に馴染《なじ》んで、聞いても聞いても素通りしていた単語の幾つかが急に、現実的な手応《てごた》えで迫ってきた。

この仕事を失ったからといって、路頭に迷ったりはしない。もともと、家計の足しにと始めただけで、咏子の給料が暮らしを支えているわけではないのだ。また、ゆっくり何かしらのパートを見つければいい。それだけのことだ。それだけの……。

でも、嫌だ。指を握り込む。

わたし、できればこの仕事を続けたい。

昔から作ることが好きだった。工作とか裁縫とか大好きで得意だった。母がまったくやらなかったから、ブラウスの取れかけたボタン付けも、破れの直しも、学校用の手提げカバンを作るのも全部、自分でやった。針を持って布を縫い合わせていく。その作業が何か新しい世界を創造していくようで、わくわくした。ずっと昔、子どものころの思い出だ。その思い出が鳥鳴縫製所で働くようになってから、よみがえってきた。珍しく明るい色合いの記憶だった。それなのに……。

息が詰まる。

潰れるだの倒産だのの噂が噂でしかなかったときは、さほど慌てても狼狽《うろた》えもしなかったのに、現実味を帯びてくるとこんなにも胸が苦しい。

できれば……ではなく、この仕事を続けたい。この仕事が好きだ。

はっきりと思い知る。

華やかでも、高給でも、特別でもない仕事だ。しかし、自分の感覚と技術、少し大げさに言えば才能を使って、古着をまったく新しい一着に仕立て上げる。それができたとき、どれほど誇らしいか。誰に告げるわけでもない、告げられるものでもないささやかな誇りだ。けれど、それが自分にとって、他の何にも替え難い程大切か、尊いか、咏子は今、生々しく実感していた。

クビになる？　それって、わたしの仕事が認めてもらえなかったってこと？

ささやかな誇り、大切な尊い矜持《きょうじ》。それを否定されるのか。あっさりとこともなげに打ち消されてしまうのか。

嫌だ。そんなの嫌だ。

心の内の叫びを漏らさないために、奥歯を強く噛み締めた。

本ビルの中に入る。冷房がよく利いて涼しい。工場の方はもっと蒸し暑かった。こういうところも、待遇の違いとやらになるのだろう。

「階段、使おうか。運動になるしね」

峰子がぽんと背中を叩いた。それから、眼差しだけで笑いかけてくる。少し、驚く。職場のリーダー的なこの女性は、あまり笑わず、余計なおしゃべりをせず、硬く冷ややかな印象があったのだ。こんなに親し気に振る舞われるとは意外だった。

笹川さんは、わたしが解雇されるって知ってる？　それで、同情してるの？

「大丈夫よ」

階段を上りながら、峰子が言った。足取り同様に軽やかな口調だった。

「わたしも呼び出された理由はわからないけど、三上さん個人をどうするとかじゃないと思う。解雇とか、そういうの心配しないでいいわよ」

階段に躓《つまず》きそうになった。飴色《あめいろ》の手すりを摑み、何とか身体を立て直す。

「笹川さん、わたしの考えてたことがわかるんですか」

「うん、まあ、だいたいたいね。少し不安そうな顔してたから。でも、ほんと、心配しなくていいはずよ。会社が三上さんを手放すとは思えないからね」

峰子の声音は大きくも強くもなかったけれど、揺らいではいなかった。適当な慰めやその場凌《しの》ぎの励ましではないとわかる。だからといって、鵜《う》呑《の》みにはできなかった。

「でも、わたしなんか、ただのパートですから。何かあったら一番に」

処分と言いそうになって、口を閉じる。唾を呑み込み、言い直す。

「一番に整理されちゃう立場ですよね。雇用の調整弁とか言われるじゃないですか」

不意に峰子が止まった。あと二段で二階のフロアに着くところだ。

「三上さん、本当にそんなこと考えてるの」

「は？　考えてるって事実ですから。わたしはパート勤務だし仕方ないですけど」

「仕方ないなんて、あっさり言わないで。他のパートさんに失礼よ。だけどね、三上さん……」

そこで、峰子は小さく肩を竦めた。

「今はそんな話してるときじゃないか。課長がイライラしながら待ってるかも」

峰子が言い終わらないうちに、ドアの開く音がした。二階は薄灰色のリノリウムの廊下の両側に幾つかのドアが並び、行き止まりが両開きの木製扉になっていた。C②の扉だ。

一番手前、A①の部屋のドアが開き、五尾が覗いている。峰子と咏子を認め、空を掻くように手を振った。「早く、早く」とくぐもった声がマスクから漏れる。

「ほらね、かなり焦ってるでしょ。解雇を言い渡すのに、焦って待つ管理職っていないわ」

「そうでしょうか」

いつものことだが峰子の言葉には説得力があった。思わず頷きそうになる。

でも、クビの宣言じゃないなら、何のために呼ばれたんだろう。

不安に替わって新たな疑念がわいてくる。

咏子は峰子の後ろから、A①に入った。

廊下と同じリノリウムの床だ。こちらは、廊下よりさらに薄い、ほとんど白に近い灰色をしていた。窓にはベージュのカーテンが引かれ、エアコンが微かな音をたてている。長テーブルが四角形に並べられ、正面に、男が座っていた。その横に五尾課長が立つ。五尾は作業服を着ていたが、男は水色のストライプの長袖ワイシャツを身に着けていた。青いネクタイをきっちり結んでいる。大柄だが、体軀《たいく》よりも豊かな白髪が目を引いた。髪色に合わせているのかどうか、銀色のフレームの眼鏡をかけている。

「こちら、石橋《いしばし》総務部長だ。部長、先ほど話をしましたパート勤務の笹川峰子さんと三上咏子さんです」

峰子が頭を下げる。一拍遅れて、咏子も同じ動作をした。覚えている。パートの初日、C②の会議室に集められたとき一番に挨拶《あいさつ》をし、終わったらさっさと退場していった男だ。名前も役職も忘れていたけれど、窓から差し込む光に輝いていた白髪が見事に美しかったのだけは、記憶に残っていた。

「二人とも、ご苦労さま。わざわざ呼び出してすまなかったね」

石橋は見かけによらず細くて高い声で、まずは労《いたわ》りと詫《わ》びを口にした。むろん、儀礼的なものだ。本題はここから始まる。

「実は、ちょっと困った事態になってね。二人に力を貸してもらいたいんだ」

「力を貸す？　わたしたちが何かお役に立てることがあるんでしょうか」

峰子が僅かに足を前に出した。

「あるとも。だから、わざわざ来てもらったんじゃないか」

「仕事以外のことでですか。まさか、パートの人員整理をしろなんて話じゃないですよね」

五尾が眉を寄せ、右手を左右に振った。

「きみ、笹川さん。部長に失礼だよ。そんなこと誰も言ってないだろう」

「なら、いいです。安心しました」

峰子が足を引く。咏子はその横顔を感嘆しながら見詰めていた。

総務部長に対して堂々と物を言う。すごいなとため息が出る。

笹川さんて、すごい。

石橋が軽く、咳払《せきばら》いをした。

「今日、きみたちをここに呼んだのは技能実習生のことで相談があるからだ」

咏子の脳裡《のうり》を、クエの不安げな顔が過《よぎ》った。

クエたちに何かあったのだろうか。着替えもそこそこに呼び出されたものだから、今朝はまだ顔を合わせていない。

「二人ともイスに座ってください」

五尾の言葉に従い、目の前のパイプイスに座る。腰を下ろすか下ろさないかのうちに、石橋が口を開いた。

「正門にパトカーが止まっていたの、見ましたか」

とっさに峰子と顔を見合わせていた。

「はい。一台、止まっていましたね」

峰子が答える。咏子の胸に今朝方のざわつきがよみがえってきた。

「その件で、ちょっとね。五尾くん」

「はい。笹川さん、三上さん、これを見てもらいたいんだが」

五尾がノートパソコンを開き、咏子と峰子の間に置く。引きずられるように画面を覗き込む。鳥鳴縫製所のホームページのようだ。

会社の概要、歴史、現状、社是。型通りのデータが並んでいる。ベトナムからの技能実習生を毎年受け入れていると記され、実習生たちの笑顔の集合写真が張り付けられていた。ただ、咏子が働く前の物で、クエはもちろん見知った顔は一つもない。咏子もこのページからパートの求人に応募したのだが、そのときと同じ写真だ。

「問題はここでね……」

五尾が画面をスクロールさせる。写真や文字が上へ上へと動いていく。

みなさまのお声を聞かせてください。

太く赤い文字が目に飛び込んでくる。これもよくある消費者向けのページだ。

「今までは我が社の製品に対する意見や感想、特に満足や称賛を伝えるものが多かったんだが、あの事件の後、一変してしまってね」

「あの事件？」

そう呟き、思わず五尾を見上げてしまった。

「例の爆発騒ぎだよ。駅前と図書館で続いたやつで」

五尾の物言いが重くなる。マスク越しにだが口元が歪んだように思えた。

「まあっ」と、峰子が声を上げる。その声が僅かに震えた。

「何、これ？」

咏子も画面に現れた文字に目を見張る。口中の唾を呑み込んでいた。

爆破犯はわかっている。おまえのところのガイコクジンだろう。

ハンザイシャ、犯罪者、はんざいしゃ。早く警察に出頭させろ。おまえたちは雇った責任を果たせ。

貴社の方針は明らかな間違いです。それは、日本の現状を鑑《かんが》みれば一目瞭然《りょうぜん》ではありませんか。わたしたちの美しい国は恥知らずの外国人に占拠されたも同然です。今回のような事件が起きるにつけ、我が祖国が陥った危機的な状況に暗澹《あんたん》たる思いを抱きます。彼らは道義心も倫理観も持ち合わせていません。貴社は彼らが我が国を恣《ほしいまま》にする、その片棒を担いでおられるのです。猛省を促します。

みなさん、わたし見ましたよ。事故の現場から鳥×のユニホームを着た外国人が逃げていくのを見ました。確かに見ました。

嫌だ。怖い。すごく怖い。ちゃんと理性が働かない人たちだよね。何をするかわからないじゃん。日本人とは違うよね。マジで怖い。

強制的にでも日本から出て行かせるべきだ。これ以上、犯行を許すな。

傍らで峰子が息を吸い込んだ。咏子もマスクを着けているのが辛いほどの息苦しさを覚えた。つい、視線を泳がせてしまう。視界の隅に石橋の渋面が映った。

「ひどい、滅茶苦茶《めちゃくちゃ》じゃありませんか。何なんです、これ」

咏子の心中をそのまま、峰子が代弁してくれた。

ひどい。無茶苦茶だ。真実なんて一欠片《かけら》もない。悪口、罵詈《ばり》、雑言、中傷、非難、そしてでたらめばかりだ。いくらネットだからといって、こんな理不尽な、根拠のない言葉がまかり通っていいのだろうか。

「いや、これくらいはまだ……何というか許容範囲なんだが、問題はこの後なんだ」

五尾がさらに画面を動かす。

〝殺す〟という文字がぶつかってきた。眼球に痛みを感じる。幻ではなく現実に感じる。それほどの衝撃だった。

殺す。殺す。殺す。殺す。殺す。殺す。殺す。

そっちが何もしないなら、こっちが何とかするしかない。法を守らないガイコクジンを殺す。おまえのところが一週間以内に爆破事件の犯人を差し出さないなら、こちらで裁くしかない。覚悟しとけよ。

いいね。やれ、やれ。まさに、その通り。

応援してます。

手伝おうか。この辺りからガイコクジンを一掃しよう。大掃討作戦、だーーーーっ。

「課長、これは……」
語尾が震えた。背筋も震えた。峰子が、咏子の呑み込んだ言葉の続きを口にした。
「明らかな脅迫じゃないですか」
「うむ。さすがに放っておけなくて、今朝、警察に通報した。ただ、顧問弁護士の先生によるとこの内容では威力業務妨害罪までは問えないそうだ。まあ、警察が当分の間、パトロールを強化してくれるらしくてその点は安心できるんだがね。困ったのは、実習生たちでね。その、ひどく怯えているんだ」
「え、クエさんたちは、このことを知ってるんですか」

詠子は五尾に向かって身を乗り出した。イスがカタンと硬い音をたてる。

「あ、いやいや。直接に報せたわけじゃないんだ」

五尾が右手を左右に振る。微かな風が起こった。

「けど、どうしてだか漏れてしまってね。わざわざ報せた者がいたのかもしれないが、うーん、親切心なのかもしれないが、そういうのもどうかと思うねえ。親切が親切にはならないと考えて欲しかったよ」

「あの、それで今、クエさんたちはどうしているんですか」

五尾を遮るつもりはなかったが、クエのことが気になって問わずにはおれなかった。

「あ、うん。今は寮にいる。まだ出勤してきていないんだ。実習生は一人もね。それで、きみたち二人に説得してもらえないかと思ってる」

もう一度、峰子と顔を見合わせた。

「説得するって、クエさんたちに仕事に出てくるように話をするってことですか」

「うん、まあ、そうだね。実習生全員とじゃなくてもクエさん個人と話してもらえないかな。三上さんが一番、親しいようだし、クエさんは日本語がわかるし、実習生のリーダー的な存在でもあるし、クエさんが納得したら他の実習生も安心できると思う」

「あの、ほんとに安心してもいいんですか」

五尾が瞬きした。開きかけた口を一旦《いったん》閉じ、首を傾ける。詠子の問いの意味がわからなかったらしい。

「あの、えっと、ですから、クエさんたちは本当に安全なんですよね。危害を加えられるなんてこと、ありませんよね」

言いながら、パソコンに視線を落とす。この小さな機器から放たれた悪意に、咏子自身が怯えている。顔も姿も年齢も性別も名前も知らない人たち。現実に生きている人間というより幻や虚構に近い。なのに、悪意だけはリアルだ。小さな針になって肌に刺さってくるみたいだ。この人たちが鳥鳴縫製所の実習生たち一人一人を知っているとは思えない。個人の名前は一つも出てきていないのだ。個人的に知らない相手をここまで憎める、ここまで攻撃できる。信じられない。

だから、怖い。信じられないことはそのまま恐怖に繋がる。真っ暗闇の中、見知らぬ場所を歩いている。そんな恐怖だ。先に何があるのか、横から何が出てくるのか想像できないまま、ただ歩く。まして、クエたちは言葉がわからない。何とか日本語で意思疎通ができるクエだって、早口でややこしい言葉を使われたら、ほとんど理解できないはずだ。闇はさらに濃く深いのではないか。

「わたしはクエさんしか知りませんが、働く意欲はすごいです。きっと、他の実習生も働きたいに決まっています。働きたくない人なんていません。だから、安全が担保されたら、今まで通り安心して働けるとわかったら、喜んで職場に出てきます。だから、安全だって安心だって会社側が約束してあげないと、いけないいんじゃないでしょうか」

五尾が口を窄《すぼ》め、眉間に皺を寄せた。苦い何かを呑み込んだような顔だ。

ゴトッ。イスの音がした。石橋が立ち上がったのだ。眼鏡越しに咏子を見据える。

「驚いたな。このごろのパートは会社のやり方にまで口を出すのか」

声が高い分、引き攣《つ》れて聞こえる。語尾が痙攣《けいれん》しているようでもある。

怒ってる？

思わず身体を縮めていた。面と向かって感じる怒りも怖い。でも、正体不明の悪意より、かなりマシな気がした。

「きみ、えーっと、何て名前だったかな」

「三上です。三上咏子です」

咏子より先に五尾が答える。呼び捨てだった。

「そうか、三上くんね。日本にいる技能実習生が今、どういう状態におかれているか知っているかい」

「え……、いえ、具体的には知りません。説明会で聞いたぐらいですから」

ふっ。石橋が笑った。揶揄《やゆ》とも嘲弄《ちょうろう》ともとれる笑みであり眼つきだ。

「かなり悲惨なものだよ。実習生とは名ばかり、低賃金、長時間労働は当たり前でむろん福利厚生の恩恵なんてほとんど受けられない。病気や怪我で働けなくなったら、放り出されてしまう。それが実態だ。それに比べたら我が社の待遇は破格だ」

　峰子が身動きした。咏子は膝《ひざ》に置いた自分の手、自分の指先を見詰める。

「ちゃんとした寮もあるし、働きに見合った給金も払っている。休日もきちんと取ってもらっているよ。他の職場、職種に比べたらずっと恵まれているんだ」

　何の話をしているんだろうか。

　心の内で首を捻《ひね》る。少し、戸惑いもする。説明会でも、まったく同じ内容の話を聞かされた。あの時に比べ、実習生たちの待遇が改善されたとは言えない状況が続いている。

　技能実習生が過酷な仕事に耐え切れず逃げ出したとか、行方不明になったとか、何の保障もないまま路頭に迷っているとか、以前より耳にすることが増えた。パートに出る前は何て気の毒なと同情を覚え、雇い主に腹を立て、国なり自治体なりに何とかしてほしいと望んだ。

　それで、忘れた。

　同情も怒りも望みもきれいに忘れて自分の日常に戻っていった。しかし、クエと知り合ってからまだ日は浅いというのに、報道番組や新聞で見聞きする技能実習生に関わるニュース、特にベトナム人に纏《まつ》わる報道が心に引っ掛かり消えなくなっている。

〝ベトナム人技能実習生〟という括《くく》りではなく、クアット・ルゥ・クエという一人を知ってしまったら、名も知らない、会ったこともない人たちの問題が現実的な手応えで迫ってくるのだ。

だから、説明会と同じ内容を繰り返すだけの石橋の言葉が漂っているとしか感じられない。とても薄くて軽くて、僅かな風にもさらわれてしまう。

誤魔化されているようにも感じる。詠子は、クエたちの安全をどう守り、安心をどう請け合うのかと尋ねたつもりだった。石橋は何一つ、答えていない。

「まあ、そういうことだから、きみたち二人で説得してください。それだけだ。五尾くん、後はきみに任せるから、責任をもって対処してくれ」

石橋はそう言い残すと、足早に部屋を出て行った。五尾が深く一礼する。峰子も詠子も動かなかった。峰子はあらぬ方向に、詠子は自分の膝に目をやったまま顔も向けなかった。

「じゃあ、クエさんを説得してください。ここに呼ぶように言いますから」

五尾がなぜかため息を吐く。

「あ、話をするなら作業室がいいと思います。クエさんもその方が落ち着くはずです」

詠子は立ち上がる。説得ではなく話をしたい。今、クエが抱えている、心内の声に耳を傾けたい。働く、働かないはその後だ。

五尾がまた、吐息を漏らした。

「三上さん、やるじゃない」

階段を下りたとたん、峰子に背中を叩かれた。バシッと音がする。ちょっと痛い。

咏子は首を竦め、背丈のある同僚を見上げた。

「やるって、何がですか？　わたし、まだ何にもしてませんけど」

「『会社側が約束してあげないと、いけないんじゃないでしょうか』。どう似てる？」

「はい？」

「さっきの三上さんの物真似してみたんだけど、似てない？」

「あ……そうなんですか。あんまり似ていないかも」

本ビルを出たとたん、湿った暑気に全身を包まれた。朝の涼やかさは既に人半を拭い去られようとしている。咏子はマスクを引っぱり、軽く息を吸い込んだ。

「三上さんに指摘されて、石橋部長、ちょっと驚いてたよね」

「え、そうですか。機嫌が悪くなったのはわかりましたけど」

そう、石橋は明らかに不機嫌にはなったが驚いていたようには見えなかった。

「驚いてたよ。三上さんに面と向かって意見されて、びっくりしたんだよ。まさか、パートふぜいが言い返すなんて考えてなかったんじゃないの。知ってる？　あの人ね

『女性の活躍があってこその会社だ』とか『女性にもしっかり能力を発揮してもらいたい』なんて新聞のインタビューで答えてるの」

「あ、はい。地域欄に出てましたね。読みました」

「なのに、パートが意見を言ったら驚くの。パートは黙って、会社側の言う通りに働くものだってできあがっちゃってるのよ。活躍も能力も全然、認めてないんだよね。ふふっ、ああいうタイプ、想定外の出来事にはめっちゃ弱いのよ。黒目がうろうろしてたもの。わたし、正面に座ってたからよく見えてね。笑いを堪《こら》えるのが大変だった」

背を丸め、峰子が笑い声を漏らす。

「意見だなんて、そんな気はなくて……」

石橋に意見したつもりはない。そんな大それた真似をできるわけがない。クエたちのことを考えたとき、ふっと頭を掠めたものを心に浮かんだものを口にしただけだ。

咏子がそう言うと、峰子にまた背中を叩かれた。今度はさっきより幾分、柔らかい叩き方だった。

「三上さん、その自然体なところがいいわね」

「そんな。わたしなんかより笹川さんの方がすごいです。最初に部長に質問したりして、勇気あるなと感心しました」

「わたしは、ちゃんと計算してるの」

峰子の眼から笑いが消えた。口調も僅かだが重くなる。

「ここまでは言っても大丈夫とか、ここからは駄目だとか自分なりに見積もってるのよ。会社側がわたしに期待しているのはね、問題を起こさないように、効率的に仕事をしてもらうように、パート従業員をきちんと管理する役なわけ。だから、ある程度はパートの代表として意見を言うのは許されるけど……許されると言うか、そういう風に振る舞うべき立場なんだけどね、そこを履き違えて会社の方針に異を唱えたり抗《あらが》ったりしたら、即、アウトなの。その線引きをちゃんと見極めて行動してるのよ。だからね」

峰子の視線が絡んできた。マスクの上の双眸《そうぼう》が鈍く光っている。

「三上さんみたいに、自然体じゃいられないの。思ったことをそのまま口にしたら、会社側から睨まれるかもしれないでしょ。人手不足でやたら求人を出していたときだって、わたしたちの立場なんて弱くて何の保証もなかったのに、今みたいに雇用を調整してるときって、ますます弱いでしょ」

峰子は顔を空へと向け、長く息を吐き出した。白い不織布のマスクが心持ち膨らむ。

「わたしは今の立場を失うわけにはいかないの。独り身だし親は高齢だし、昔の借金はあるしね。いろいろ苦労してるの。あはっ、やだ。ごめん、身の上話しちゃったよ」

峰子の口調が軽くなる。でも眼差しは軽くも明るくもなっていなかった。

「ともかく、クエさんと話をして。あんなネット上でぎゃあぎゃあ言ってるだけの人たちを怖がる必要なんてないんだから。あれは、一種の八つ当たりとか鬱憤晴らしってやつに過ぎないからって、よく説明してあげて」

「八つ当たりに鬱憤晴らし、ですか」

「そうよ。仕事も日常生活もうまくいかなくて、みんな、イライラしてるのよ。どこかに気持ちをぶつけてスカッとしたいの。だから、非難できそうな相手を見つけては攻撃を仕掛けてくる。それだけだよ。実際に何か行動するなんてことは万に一つもないから」

殺す。出て行け。ガイコクジン。日本人とは違うよね。嫌だ。

では、あれらの悪意に満ちた言葉は幻に近いものなのだろうか。本当に怖がらなくていいのだろうか。たくさんの幻の悪意の中に、本物があったら。八つ当たりや鬱憤晴らしが本当の、現実的な悪意に変わったら……どうなる。変わることがないと断言できる？

背中を叩かれた。三度目だ。

「じゃあ、お願いね。クエさんを作業室に呼ぶから頼むわよ、三上さん」

「あ、はい。でも説得できるかどうか」

「やるのよ」

峰子が短く告げた。迫ってくる圧を感じた。

「できる、できないじゃなく、やらなきゃいけないの。わかってる？　わたしたちって毎月、仕事内容とか勤務態度とか査定されてるのよ。それで、内容の悪い人は解雇されるの。さっき、わたしが三上さんは心配しなくていいって言ったのは、真面目に勤めているし、仕事内容も特別だからなの。三上さんて何にも知らないから教えてあげるけど、三上さんのやってる古着のリカバリー、けっこう評判なのよ。売上げ的にはたかが知れてるけど、鳥鳴縫製所の古着ってトレンドに上がってるほど。だから会社側もクエさんたちに、三上さんのセンスを真似させて、量を積み上げたいわけ。ね、知らなかったでしょ」

「知りませんでした。そんなこと、課長からも聞いてなかったし」

「三上さんに伝えて、それ相応の手当とか要求されたら困るって考えたんじゃない。よくわからないけど。あ、課長個人じゃなくて、会社としてだけどね」

手当は欲しい。賃金は少しでも高い方がいい。当たり前だ。でも、それが叶《かな》わないにしても評判ぐらいは伝えてもらいたかった。

誇らしい。自分の仕事がそんな風に評価され、認められているなら誇らしい。

わたしの中にも誇るべきものがある。

思うだけで胸を張れる、真っ直ぐ前を向けるではないか。

「けど、あまり調子に乗らない方がいいわよ」

耳元を囁きが過った。それが峰子の声だと気付くのに、一瞬よりやや長い間がいった。

「確かに三上さんの仕事は特別だし、誰でもできることじゃないと思う。でも、誰にもできないってわけでもないでしょ。例えばクエさんが三上さんと同じくらい、いえ、それ以上のセンスと技術を習得するってのもありですもんね。それに、売上げ自体はたいしたことないんだし。切ろうと思えば、簡単に切られちゃうよ」

囁きが掠った耳朶《じだ》にそっと触れてみる。峰子の言葉がよく理解できない。戸惑いが顔に出ていたのか、峰子が背筋を伸ばし、僅かにかぶりを振った。

「思ったことをそのまま、あんまり素直に口にしてたら、使い難《にく》いやつだって見なされて、解雇されちゃうかもね。その可能性は大きいよ。だから、もう少し言動に気を付けた方がいいんじゃないかな。自然体じゃ通用しないのよ。わたしの言いたいのは、それだけ」

「笹川さん」

「もっとも、三上さんは結婚しててダンナさんはちゃんとしたサラリーマンだし、別にここの仕事がなくなっても困らないものね。そこは羨ましい」

もう一度ため息を吐いて、峰子が呟いた。

「うん、いいよね、男に頼って暮らせる女……羨ましいわ」

呟きは微かな呻《うめ》きに似て、耳に触れてくる。

「笹川さん、あの」

「わっ、ごめんなさい。余計なことしゃべり過ぎよね。忘れて。わたし、別に三上さんを妬《ねた》んでるとかじゃないのよ。アドバイスのつもりだったんだけど、何か上手に言えなくて。ちょっと疲れ気味なのかな。ほんと、ごめんなさい。気を悪くしないでね」

「あ、はい。もちろんです」

怒りの感情はない。でも、胸の内はざわめいている。笹川峰子の一面を垣間見《かいまみ》た気がするのだ。それは、手際よく物事を処理できる有能なリーダーでも、寡黙だけれど温かい人柄の先輩でもなかった。現実に背負った重荷に歯を食いしばって耐えている女性だ。そういう人の眼には、自分は家事の片手間にパートをしている恵まれた呑気《のんき》な主婦に映るのだろうか。咏子の抱えている諸々の悩みなど、取るに足らない些事《さじ》でしかないのだろうか。

「じゃあ、クエさんに連絡しときます。よろしくね」

ひらりと手を振って、峰子が駆け出す。紺色のポロシャツが遠ざかる。

咏子は空を仰いだ。ぎらつく碧空《へきくう》を鳶《とび》が旋回している。日差しが全身に突き刺さる。

今はクエさんだ。クエさんとちゃんと話をするんだ。自分に言い聞かす。胸の上を強く押さえるとざわめきが少し落ち着いた。

詠子は唇を結び、仕事場へと歩き出す。


クエはいつもと違い、髪を背に垂らしていた。前髪も下ろし、額を隠している。違うのは髪型だけではなかった。表情も気配も強張って暗い。

「クエさん。今日は蒸し暑いよね」

イスに座ったクエに声を掛ける。言うべきことは他にあると思うが、英語もベトナム語もしゃべれない詠子は、クエの習得した日本語に頼るしかない。単純な会話しかできなかった。それでも、クエから教わった単語を思い出してところどころに挟んでみる。

「えっと、今日は暑いって、ホム　ナイ　オイ　ニー、かな。違う?」

クエが顔を上げる。ほんの僅かだが口元が綻《ほころ》んだ。

「ちがいありません。ミカミさん、じょうずです」

「ありがとう。えっと、えっと……シン　カム　オン。サンキュー」

「どういたしまして。おきづかいなく、ありがとうございます」

クエと視線を合わせる。ほとんど同時に噴き出していた。詠子とクエ、二人しかいない作業室に笑い声が漣のように広がっていく。

「わらう。いいね。きもちいい。きょうは、はじめてわらった」

「クエさん、怖がってる？　ホームページ、見たの」

見ても日本語は読めないはずだ。クエが目を伏せる。とたん、翳《かげ》りが戻ってきた。

「なかま、います。ずっと、にほんにいるひと。おしえてくれた。ホームページのこと、おしえてくれたのです」

「そうかあ。でも、大丈夫。あんなの気にすることないよ。みんな間違い。えっと、サイ？　間違いだから、大丈夫よ」

クエがうつむけていた顔を上げる。黒い双眸が真正面から咏子を見詰める。唇が震えていた。眸《ひとみ》が潤む。息を呑むほど美しい眸だった。

「クエさん？」

「まちがい、ない。ほんとのこと。にほんのひと、わたしたちをころす。とても、きらいになる。ベトナムのひと、きらいになる」

「まさか。そんなことない。クエさん、わたしたちは友だちでしょ。日本人はベトナムの人のこと好きよ。ホームページの書き込みは違うの。あれは一部の人がおもしろがって」

クエがかぶりを振る。震えを止めようとするのか、唇を一文字に固く結ぶ。

「あ、ごめんなさい。日本語、難しかったよね。でも、怖がらなくていいの。誰もクエさんたちに危害を……危ない、えっと……、あの、ングイ　ヒエム？　危ないことしないの。だから安心して。大丈夫だからね」

クエは咏子を見詰めたまま、もう一度、かぶりを振った。それから、ゆっくりと前髪を掻き上げる。額が露わになる。「まっ」。思わず腰を浮かしていた。

「それ、どうしたの！」

クエの額にははっきりとわかる傷ができていた。赤黒く腫《は》れている。血も出たのだろう。周りに血糊《ちのり》が残っていた。

これ、何？　まさか、まさかね。

咏子の無言の問いに、クエは頷いた。肩がひくりと上下する。

「にほんじん、しました。ミカミさん、こわいです。ずっとこわかった。でも、いまがいちばん、こわいです」

四章　季節の先に

詠子は口を閉じ、暫《しばら》くの間、黙っていた。いや、しゃべれなかったのだ。何もしゃべれない。

クエの額の傷が何かの刻印に見える。赤紫色の禍々《まがまが》しい印。

グビッ。耳の奥に妙な音が響いた。それが自分の呑《の》み込んだ息の音だと気が付くのに、数秒かかった。もう一度、今度は意識して息を呑み込む。呼吸を整える。

「クエさん、その傷は……」

「イシ、なげられました。わたし、なんにもしていない。ただ、あるいていただけ」

「歩いていて石を投げつけられたの？　誰に」

「わからないです」

クエが頭を横に振る。前髪を下ろし、うつむく。なぜか、クエと紗希の姿が重なった。いや、紗希ではない。自分だ。子どもの自分が立ち尽くしている。

石を投げつけられた？　わたしもだ。小学生のときだ。確か三年生だった。同じクラスの男の子たちにスカートをからかわれた。誰かのお古で色褪《いろあ》せて、形も崩れていたのだ。何度頼んでも、お母さんは新しい物を買ってくれなかった。「おまえにはもったいない」の一点張りだった。仕方なくはいていたスカートをからかわれ、わたしは男の子を睨《にら》みつけ、叫んだ。「馬鹿じゃないの。ほんとに馬鹿」と。そしたら、石が飛んできた。肩に当たった。痛かった。悔しかった。怖かった。礫《つぶて》もからかいの言葉も、痛くて悔しくて怖い。

「クエさん」

咏子は手を伸ばし、クエの肩を摑《つか》んだ。クエが目を大きく開けて、見上げてくる。

「ね、話して。詳しく、教えてちょうだい。えっと、プリーズ　スピーク、スピーク」

咏子はクエの傷と自分の胸を交互に指差し、プリーズ　スピークを繰り返した。

詳しく話をして。怪我をした状況を教えて。守るから。わたしがあなたを守るから。痛い思いも怖い思いもしなくていいように、守るから。

通じない。日本語じゃ通じない。思っているだけじゃ伝わらない。

「ミカミさん、ありがとうございます」

クエが言った。そして、微笑んだ。ゆっくりと首肯し、話し始める。

「わたしとファンさん、かいものしてた。ごはんのかいもの。ニシバにいった」

寮には共同の台所があると聞いている。実習生たちは、思い思いになのか当番を決めているのか、そこで食事を作るのだ。食材の買い出しに仲間と出かけたとクエは言う。『西場』というスーパーは安売り品が多く、値段の割に質もよかった。駅とは方角が違うが、咏子も大回りして買い物をすることがよくある。

「ニシバ、かえり、こうえんあります」

「ああ、あるね。小さな児童公園」

ブランコと滑り台があるだけの小さな公園だ。横切れば、かなりの近道になった。

「そこで、にほんのひと、おとこのひと、おこった」

「怒った？　男の人が？　クエさんたちは歩いていただけなのに？」

クエが頷《うなず》く。頬が強張《こわば》っていくのが見て取れた。

「男の人は一人だった？」

「ひとり、ちがいます」

クエが指を三本、立てた。クエもファンも華奢な身体つきだ。不意に、男三人が立ち塞《ふさ》がれば、恐怖を覚えもするだろう。

「わたしたちのこと、ハンニンといいました。ハンニン、よく、わからない。でも、わかりました。おとこのひと、おこっている。わたしたちをばくだんしたと、おこっている」

ガイコクジンを殺す。ガイコクジンを一掃しよう。殺す。殺す。殺す……。

頭の中で、さっき目にした脅迫の文が点滅する。あれは、ただの脅しでも悪ふざけでもなかったのか。現実にある不穏だったのか。

「おとこのひと、なにいってるかわからない。でも、おこってる。わたしたちをばくだんしたとおこっている。わたしたち、こわくてにげた。そしたら、ひとりおとこのひと、おいかけてきて、わたしにイシなげた。ファンさんにもイシなげた。わたし、ここに」

クエが前髪の上からそっと額を押さえる。

「イシあたった。ファンさん、あたまあたった。ここね」

クエの手が頭の後ろに回る。頭頂部のあたりをなでる。指先が震えていた。

「チがでました。たくさん、でました。おとこのひとたち、ころすいいました。わたしたちにげました。ころされるのこわいです。イシがたくさん、とんできました。いっぱいあたりました。いたいです」

クエは暫く躊躇《ためら》い、不意にTシャツを脱いだ。白いキャミソールの胸が意外なほど豊かに盛り上がっている。無言のまま、クエが背中を向ける。

「ま……」

息を詰めていた。額の傷を目の当たりにしたときより、さらに大きな衝撃を覚える。

クエの背中には赤紫の痣《あざ》が三つ、浮き出ていた。額のものが刻印なら、これはシールだろうか。べたべたと無造作に貼り付けられた紙片のようだ。でも、シールのように剝《は》がすことはできない。

「これ、石が当たった痕《あと》じゃないよね。でも、ひどい……」

「せなか、ふみました」

一瞬、クエの言葉が理解できなかった。ベトナム語をしゃべったのかと思った。

「何ですって？　クエさんもう一度、言って」

クエはTシャツを着直すと、咏子を見上げてきた。

「イシあたって、わたし、ころびました。そしたら、おとこのひと、せなか、ふみました」

倒れた者の背中を踏みつけたというのか。喧嘩《けんか》をしていたわけでも、揉《も》め事があったわけでもない相手、小柄な若い女を転ばせ、背を踏みつける。

信じられない。

「ファンさん、おおきなこえ、だした。たすけてといいました。そしたら、おとこのひと、いなくなりました。にげました」

クエの唇が歪《ゆが》んだ。顎《あご》の先が震える。

「ミカミさん、こわいです。とてもこわい。いたいの、ちがいます。わたし、こわいです」

咏子は大きくかぶりを振った。もう一度、クエの肩を摑む。

「大丈夫よ、クエさん。大丈夫。その人たちは乱暴な、悪い人たちだったの。心の」

自分の胸に手を置いてみる。二度、軽く叩《たた》いてみせる。

「心の汚れた人たちだったの。そんな人たちは、ほんの少ししかいないわ。クエさんたち、運が悪かったのよ。えっと、バッドラック。だから、安心して。そんなバッドラック、もうないわ。もう、二度とないからね」

右手を横に振りながら、そうだろうかと咏子は胸の内で呟《つぶや》いた。

そうだろうか。本当にバッドラックの一言で済ませていいのだろうか。わたしは、ただの気休めを口にしているだけじゃないだろうか。

クエが見詰めてくる。ひどく緩慢な仕草で、首を横に振る。

「こわいの、おとこのひとだけじゃないです」

「え？」

「ミカミさん、こうえん、ヒトいました。たくさんちがいますが、ヒトいました。でも、だれもたすけてくれなかったです。みんな、みてました。わたしイシなげられるの、ふまれるのみてました。ケイサツよんでくれなかったです。たすけてくれなかったです。みてただけです。それが……こわかった」

クエの細い身体が震えた。うつむき、何かを呟く。理解できない言葉だった。理解できないけれど、わかる。

周りに人がいたんです。見ていた人がいたんです。でも、見ていただけでした。だれも男たちを止めてくれなかった。警察を呼んでもくれなかった。今度、同じことが起こっても、やはり誰も助けてくれないのでしょうか。ただ見ているだけなのでしょうか。この町にはわたしたちを助けてくれる人は誰もいないのでしょうか。もしそうだとしたら、とても怖い。怖くてたまりません。町を歩けないし。買い物にさえ行けない。ネットに溢《あふ》れた恐ろしい言葉たちは、本物なのではありませんか。一部の〝心の汚れた人たち〟だけではなく、たくさんの人たちがわたしたちを憎んでいるのでしょうか。殺されてもいいと考えているのでしょうか。

咏子は指を握り込んだ。息を吸い込み、吐き出す。

「クエさん、わたしも同じかもしれない」

そう告げる。自分でも驚くほど掠《かす》れた声だった。顔を上げたクエが瞬《まばた》きする。

「男の人が大声で怒鳴って、誰かを殴ったり蹴《け》ったりしていたら怖くて、止めに入れないかもしれない。怖い。止めるの無理。わかる？」

「こわい、むり、わかります。ミカミさん、こわくてみてる？」

「見ているだけじゃなくて、警察に連絡はしたかもしれない。ポリス、テレフォン」

スマホを耳に当てる真似をする。クエがこくこくと点頭した。

「でも、クエさんがやられていたら……えっと、クエさんが誰かにいじめられていたら、わたし、助けると思う。黙って見てなんていられないと思う。えっと、あの、ユー、トーメント、ノー。だから安全で……、えっと、アン　トアン。アン　トアン」

身振り手振りで伝える。クエは聞き終えて、暫く黙り込んだ。咏子の言葉を反芻《はんすう》しているようだ。暫くの間の後、深く頷いた。

「はい。ミカミさん、ありがとうございます。うれしいです」

それからマスクを取り出し、はにかんだ笑みを浮かべた。

「マスク、わすれていました」

「あ、わたしも。ごめんなさい」

外していたマスクを着ける。

「ミカミさん」

マスクのせいで、よりくっきりした双眸《そうぼう》が咏子に向けられた。

「わたし、ニホンくるのに、おかね、かりました。えっと、あの……」

「借金?」

「はい、それ、シャッキンあります。たくさん、あります。それ、かえさないとダメです。かえして、おかね、ためたい。オトウサン、オカアサン、おかねたくさん、おくりたいです。それに、わたし、こどもたち、ガッコウにいかせたい。キョウイクヒをためたい」

教育費という日本語をクエは、くっきりと発音した。

ああ、母親だな、と思う。我が子の未来を案じ、幸せを願う。国籍も人種も関係ない。

「クエさんもわたしも、お母さんだものね。子どもが二人いるのも同じだよね」

指を二本立て、「男の子、女の子」と一本ずつ折る。クエも同じように指を立て、

「おとこのこ、おんなのこ」と笑った。

「おんなのこ、いいですね。かわいい。おとこのこ、げんき。わたしのオトウサン、オカアサン、たいへんです。でも、かわいいといいます」

ああ、そうか。クエさんの両親は孫を育て、慈しんでいるんだ。

咏子は親との関係を切り捨てた。はっきりと宣言したわけではないけれど、もう十年以上、一切の連絡を断っている。丈史の両親も結婚して間もなく相次いで亡くなった。だから、翔琉も紗希も〝おじいちゃん、おばあちゃん〟がどんなものか、リアルには知らない。それが不幸だとは思わないけれど、何となく申し訳ないような心持ちにはなる。

「ミカミさん、しごとします」

クエが顎を上げ、挑むように告げた。

「わたし、しごとします。ミカミさん、ありがとうございます。がんばるの、みんなにもいいます。しごとやすんだら、ダメね。まけるのイヤです」

「うん、働きましょう。あ、でも、暫くは外出するときはまとまって……あの、一人で出かけないで、何人かで集まって動いた方がいいよ」

指を一本立てて首を振り、指を四本開いてみる。なんとも覚束ない身振り手振りだが、どうにか通じたらしい。クエは笑みを浮かべ、何度も頷いた。

「わかりました。みんなで、かいものいきます」

咏子に背を向けると、足早に部屋を出て行く。寮にいる仲間に出勤を促すつもりだろう。

本当だろうか。

一人残り、咏子は考える。

わたしはクエさんに、本当のことを告げたんだろうか。もし、目撃したら、クエさんが乱暴されるのをこの目で見たとしたら、助けにいけるだろうか。怖くて、竦《すく》んだまま動けないいんじゃないだろうか。知らぬ振りをして、その場から逃げはしないだろうか。

唐突に、驚くほど唐突に、翔琉の声がよみがえってきた。

人間ってすげえんだよ。同じ種で殺し合えるんだからさ。

そういうのってすごくね。無茶苦茶、残酷だよな。
殺し合うことと、見て見ぬ振りをして逃げること。同じじゃない。でも、どちらも
残酷だ。わたしは残酷じゃないだろうか。
重い音を立てて、旧式のクーラーが冷気を吐き出す。咏子は唇を嚙《か》み締めたまま、
作業用のエプロンを手に取った。

「三上さん」

本ビルの横を過ぎ、通りに出ようとしたとき呼び止められた。

五尾が急ぎ足で寄ってくる。

「三上さん、今日はご苦労さまでした」

双眸が柔らかく笑んでいた。渋面で近づかれるより、安心できる。

「はい。あの、クエさんのことでしょうか」

「もちろん、そうですよ。あの後、実習生全員が仕事に出てきてくれてね。やれやれ
だよ。無事、解決ってとこかな。いや、ほんとにうまく説得してくれて、ありがとう。

三上さんは適任だったと部長も喜んでおられたよ」

五尾の表情にも言葉にも、微《かす》かな違和感を覚えた。実習生たちを職場に戻すためだ
けに、クエと話をしたわけではない。

「説得した気はないですが。あの、課長。警察へは何と？」

「ホームページのこと？　当分の間、閉じてアクセスできないようにしておくよ。まあ実質的な損害を被ったわけじゃないし、あまり騒ぐのもなんだからね。暫く様子を見ようということになって、警察もそのように」

「暴行のことです」

五尾の眉間《みけん》に皺《しわ》が寄った。その表情で、咏子を見下ろす。

「クエさんたちが石を投げられたり、踏みつけられたりした事件のことです。課長、もちろん知ってらっしゃいますよね」

「あ、うむ。詳しくは知らないけど……」

「クエさんたちから、ちゃんと聞いてみてください。買い物からの帰り道、突然、暴力を振るわれたんです。そういうの、放っておいてはいけないと思います。放っておいたら、また、同じことが起こりませんか」

五尾が顎を引いた。眼が笑う。今度は柔らかさなどどこにもない笑みだった。

「三上さん、見かけによらずズバズバ言うタイプだな」

そこで真顔になり、五尾は咏子を見据えた。

「その件については、会社側も詳細を調べて適切に対処するつもりだ。心配はいらない」

詳細。適切。対処。語調まで急に硬くなる。おまえの口出すことではないと、言い渡された気がした。少し、怯《ひる》む。五尾の柔らかな雰囲気や気さくな物言いに、つい心内を吐露してしまったが軽率だった。パート従業員が出過ぎた真似をすると受け止められた恐れは十分にある。でも、放っておいてはいけない。それは確かなのだ。何も手立てを講じなければ、クエたちはまた、身に覚えのない罪で〝ハンニン〟と呼ばれ、石を投げつけられるかもしれない。踏みつけられるかもしれない。蹴られ、殴られるかもしれない。暴力は徐々にも急速にも激化する。

そういうのってすごくね。無茶苦茶、残酷だよな。

翔琉の声がまた、よみがえってくる。

人間は残酷な一面を持つ。ただ、殴りたいから殴る。さしたる理由などなく他者を傷つけられるし、傷つけることを楽しめもする。実の親でさえ理不尽に子を詰《なじ》り、謂《い》われない暴力を振るいもする。咏子はそのことを身をもって知っていた。

翔琉はいつ、どこで学んだのだろうか。

咏子は五尾から視線を逸《そ》らしたい衝動を何とか抑え込んだ。

「お願いします。本当に心配のないように取り計らってください。クエさんたちは怖がっています。大丈夫だと納得できるような」

五尾は首を振り、その仕草で咏子の話を遮った。

「わかってるよ。会社には会社の方針があるんだ。三上さん、あまり余計なことは言わない方がいいよ。心証が悪くなるから」

物言いから苛立《いらだ》ちと圧力が伝わってくる。それらを感じながら、しゃべり続ける勇気も度胸もなかった。「わかりました。すみません」と頭を下げると、五尾は無言で踵《きびす》を返し、さっきよりさらに足早に遠ざかっていった。

我知らず、ため息を吐いていた。

派遣やパート従業員には月毎の査定があり、結果が思わしくなければ解雇される。峰子にそう告げられたではないか。囁《ささや》くように告げられただけで、会社側からの正式な通達ではない。峰子自身、確かめたわけではないだろう。咏子は雇用に関する法律とか取り決めなど何一つ知らないけれど、一方的な査定という形は表立てるものではない気がする。表立てないから存在しないとは、言い切れないけれど。

でも、もし現実に存在するのなら、今月の咏子の査定は最低ランクかもしれない。己を弁《わきま》えず、上司に意見した。かなりのマイナス要因だ。それでなくとも、不安定な何の保障もない立場であるのに。

もう一度、息を吐き出す。歩き出そうとしたとたん、背中を叩かれた。

「あ、笹川さん」

「三上さん、駄目じゃない」

笹川峰子が長身を曲げ、耳元で囁いた。

「え、駄目って？」

「今朝、アドバイスしてあげたでしょ。もう少し、言動に気をつけた方がいいって。どうして、ちゃんと守れないかなあ。ほんと、用心が足らないわね、三上さんって」

「笹川さん、さっきの話、聞いてたんですか」

「聞いてたよ。そこで」

峰子が石造りの柱に向けて顎をしゃくった。鳥鳴縫製所が建てられたときからずっと門柱の役を果たしている石の柱は、歴史というより威圧を感じさせる。裏側に人一人が潜む余裕は十分にあった。

「別に、隠れて盗み聞きしてたわけじゃないけど、ちょっと気になってね。ま、結果的には盗み聞きしてたことになるかな」

そこで、峰子は大きく息を吐き出した。咏子のため息よりずっと長い。

「あれほど言ったのに、堂々と意見して。課長、ちょっと臍《へそ》曲げちゃったんじゃないの。上司を怒らせたりしたら、後々、面倒だよ。査定に関わってくるんだから」

咏子の胸の内を見透かしたような台詞《せりふ》だった。認めるしかない。

「そうですよね」

「わかってるの、三上さん」

「課長の渋い顔を見てて、思い当たりました。でも、もう口にした後だしどうしようもありません。あの、笹川さん」

「何よ」

「わたし、解雇されるでしょうか」

少しは間が空くかもと思っていたが、返事は即座だった。

「その可能性はあるわね」

峰子を見上げる。詰る気は毛頭なかったが、もう少し言い様があるだろうとは感じた。胸の中がひやりと冷たくなる。峰子がまた、屈《かが》み込んできた。

「ね、もし解雇されたらどうする」

露骨な問い掛けだ。それだけで、もうクビを言い渡された気分になる。

「どうって……次のパートを探すしかないです。でも、わたし、今の仕事が好きだから、続けたい気持ちはすごく、ありますが」

「その割に、言いたいこと言ってたわよ。例の忖度《そんたく》ってやつ、足らなかったよね」

峰子の言葉自体は厳しかったが、語調は柔らかだった。だから、焦りや腹立ちは覚えない。「今さら遅いですよ。仕方ありません」と笑う余裕もあった。

むろん、本当に解雇されたときにはそんな余裕などないだろう。賃金もだが「好きだ」と断言できる仕事を失うのは、辛《つら》い。その辛さは現実のものになったとき、じわりと染みてくるはずだ。胸の中がまた、寒々しくなる。この時季なのに、足元から冷気が這《は》い上って全身を包んでしまうみたいだ。身震いしていた。

「ねえ、三上さん、わたしと組んでみない」

「はい?」

「わたしと組んで新しい仕事、始めてみない」

意味がわからない。咏子は「はい?」と間の抜けた、返事とも呼べない返事を繰り返した。峰子がくすりと笑う。

「そうだよね。急にこんなこと言ってもわけわからないよね。あ、でも」

峰子は辺りを見回して、咏子の腕を引っ張った。工場の作業が終わり、帰宅する従業員が増え始めている。

「歩きながら話そうか。いい?　聞いてくれる」

頷き、峰子と並んで歩き出す。駅に向かいながら、峰子は訥々《とつとつ》と話し出した。さっきまでの少し非難するような、からかうような調子はどこにもない。

「また、時間があるときにじっくり聞いてもらいたいんだけど、今はざっくり話するね。三上さん、わたしね、ずっと起業したいなって考えてたの」

「キギョウ?　新しく事業を起こすって意味の起業ですか」

「そう。事業って呼ぶほど大げさな物じゃないんだけど、自宅を改築して小物の工房を造りたいの。ずっと、昔からの夢だったんだ。自分の工房を持つの。そのために資金を貯めていたんだけど、やっと、何とか目標に達してね。これから、どう動いたらいいかってずっと思案してたんだ。いざとなると、なかなか踏ん切りがつかなくて」

「え、でも、笹川さん、今の立場を失うわけにはいかないって仰《おっしゃ》いませんでしたか。ご両親もいるし、借金あるし大変なんだって」

「大変だとは言わなかったでしょ。うちの家、野菜農家なのよ。今のところ父も母も元気で畑仕事を……って、こんな話はどうでもいいわね。でも、両親が年取って大変になる前に、夢を実現させて、仕事を軌道に乗せたいの。あ、立場云々《うんぬん》はね、表向きの話。独立したいなんて夢、そうそう漏らすわけにはいかないじゃない。十代じゃないんだから。いい年になってあちこちに吹聴《ふいちょう》できないの。会社だっていい顔しないだろうし。信用できる人にしか伝えられないよ」

　ということは、今朝はまだ咏子は信用されていなかったわけだ。当然だろう。峰子ときちんと話をしたのは今日が初めてといってもいいぐらいだ。信用できるほど、お互いを知ってはいない。しかし、それなら……。

「今は、わたしを信用しているってことですか」

「うん」

　とてもあっさりと峰子は認め、首肯した。

「三上さん見てたら、信用しても大丈夫って思えたの。だって、上手《うま》く立ち回ろうとかヤバイから逃げようとか、そういう雰囲気が全然ないんだもの。ていうか、できそうにないよね。そういう能力がないみたいで」

「それ、褒めてないですよね」

峰子が肩を竦めた。舌の先をちろりと出す。こういう剽軽《ひょうきん》な仕草をする人だったのかと、ほんの少しだけ驚き、笑いそうになった。

「貶《けな》したつもりもないよ。実は前からね、三上さんのこと目を付けてたんだ。目を付けるって変な言い方かな。ずっと気になって……あれ、これも変だよね。ともかく三上さんの古着を再生させる技術、技術というよりセンスかな。あれ、すごいなって感心してたの」

頬が熱くなる。こくんと心臓が大きく鼓動を打った。

「技術は学べるけど、センスはもともとのものだから。三上さん、わたしに手を貸してくれない？　一緒に工房で働いてくれないかな」

足が止まる。峰子も立ち止まった。駅に向かう人々の群れを避けるように道の端に寄り、咏子は深呼吸を二度、繰り返す。

「ちょっと待ってください。あんまり急な話で、頭がついていきません」

「だよね。あの、事業計画とか仕事内容とか文章にしたものがあるの。メールで送っていいかな。もし、少しでも興味があるなら目を通してもらいたい……。じゃなくて、目を通してみてください。それで、考えてみてください。考えるだけでもお願いします」

峰子が頭を下げる。「はい」と返答していた。自分でも不思議なほど躊躇いはなかった。戸惑いもなかった。顔を上げ、峰子が静かに微笑んだ。

五章　明日咲く花

家に帰り、着替えもそこそこに台所のテーブルでパソコンを起動させる。

鳥鳴縫製所のホームページを開いてみた。が、一時的にだがアクセスできない状態になっていた。クエたちが襲われた事件についても、理不尽で暴力的な書き込みについても、それらに対する会社側としての説明、抗議、批判についても一言も記されていない。ただ、暫《しばら》くの間ホームページを閉じるゆえの告知があるだけだ。これが、五尾の口にした〝適切に対処する〟ことなのだろうか。

これだけ？

首を傾げる。まさかねと、呟《つぶや》く。

まさかね。きっと他にもいろいろと手立てを模索してくれるはず。

帰り間際、五尾の見せた顰《しか》め面が脳裡《のうり》を過《よぎ》る。次に、クエの怯《おび》えた顔が浮かんできた。日本人が怖いと訴えてきた顔だ。

まさか、まさか、まさか。これだけなんて、あり得ない。会社が引き受けた実習生なんだもの。きっちり守ってくれる。きっと、守ってくれる。

ミャウ。チロが膝《ひざ》に飛び乗ってきた。何かを問うように咏子を見上げてくる。この一匹の猫の方が会社の誰より信じられる気がした。どうしてだか泣きそうになる。

チロを抱き上げたとき、背後に人の気配を感じた。

振り返ると、翔琉が冷蔵庫からペットボトルを取り出すところだった。

「ま、帰ってたの。気が付かなかった。『ただいま』ぐらい言いなさいよ」

ペットボトルのスポーツドリンクを一口飲むと、翔琉は肩を竦《すく》めた。

「言ってたら気が付いた？」

「え？　そりゃあ聞こえたらわかるわよ。あんた、何にも言わないから気が付かなかったんじゃない。挨拶《あいさつ》ぐらい、ちゃんとしてよ」

「どうかな」

ペットボトルの蓋《ふた》を閉め、翔琉はひょいと顎《あご》をしゃくった。

「すげえマジ顔で画面を睨《にら》んでたぜ。耳元で怒鳴っても聞こえなかったんじゃね」

「睨んでただなんて」

チロを床に降ろし、頰に手をやる。いつもより、こころなしか硬い気がした。翔琉が見咎《みとが》めるほど強張《こわば》った表情をしていたのだろうか。

「このごろ、パソコンとかスマホとか、よく覗《のぞ》いてるよね」

「あ、ええ、まあね。時代に遅れたくないから、使いこなせるようになりたいのよ」

翔琉はもう一度、肩を縮ませ、今度は薄く笑った。

「時代に遅れたくないって台詞《せりふ》自体が、時代遅れだよ」

どうしてこの子は、事あるごとに突っかかってくるのだろう。親をからかって何が楽しいのだ。咏子はせり上がってくる腹立ちを噛《か》み砕いた。ここで怒鳴ったりすれば、息子は背中を見せて出て行くだろう。後に残るのは、自分一人と気まずい空気だけだ。それなら話題を変えて、当たり障りのないやりとりをした方がマシではないか。

咏子はパソコンを閉じると、立ち上がった。

「お腹空《す》いてない？　サンドイッチ、買ってきたの。翔琉が好きなカツサンド。食べる？」

わざと朗らかな声で尋ねる。翔琉はちらりと母親を見やり、問うてきた。

「何のために使いこなしたいわけ？」

パソコンのことだと気付くのに、数秒かかった。

「あ、それは……何のためって、いろいろと便利でしょ。みんな、当たり前に使いこなしてるんだもの。母さんだって、調べ物ぐらいささっとできるようになりたいし」

ふーんと気のない返事をして、翔琉はテーブルの上のエコバッグに手を突っ込んだ。

カツサンドの包みを取り出し、重さを量るように手のひらに載せる。

「もしかして『モトユイ』？」

瞬《まばた》きしていた。意味がわからない。一瞬、サンドイッチの中身を確認されたのかと思ったほどだ。翔琉は顎を引き、僅《わず》かに首を傾げた。すると、顔付きが少し幼くなる。

「違うの？『モトユイ』関係で調べてたのかと思ったけど……」

「今は、パート先のホームページを見てただけよ。何、それ？」

「カタカナでモトユイ。ルワンダの虐殺。昨日、けっこうマジで調べてなかった？」

「は？　あ、ええ……。知り合いに聞いたものだから。ちょっと調べてみようかと思っただけ。それがどうかしたの」

「だけ」と呟き、翔琉は横を向いた。眉《まゆ》が寄って、それこそ何かを睨んでいるようだ。

「ちょっと翔琉、あんた何を言ってるの。『モトユイ』って何よ。それとルワンダが繋《つな》がってるの？　母さんにはさっぱりわからないんだけど」

声を大きくしたけれど、翔琉は横を向いたままだった。咏子の声も姿も捉《とら》えていないみたいだ。唇が微かに動いた。「クソが」と聞こえた気がした。空耳かもしれない。確かに聞き取るにはあまりに小さな囁《ささや》きだった。

「翔琉」。一歩近寄ろうとした母を拒むのか、翔琉は背を向け出て行く。咏子の目の前でドアが音を立てて閉まった。バァンと響くほどの音だ。紗希がいたら、驚いて身体を縮めていただろう。続いて、階段を上っていく荒い足音がした。チロがその音を聞き取ろうかとするように、ドアの前で耳を動かす。

このごろ、翔琉は四六時中腹を立て、突っかかり、嫌味や皮肉を言い放ち、足音も物言いも荒々しい。昔の穏やかで優しい姿はどこに行ってしまったのだろう。

クソが。あれが現実の一言なら、翔琉は誰に向かって放ったのか。あんな罵倒《げとう》の言葉をどうして口にしたのか。

罵倒？　心臓がどくりと鳴った。鼓動が速くなる。胸を押し上げるほど強くなる。

死ね。出て行け。覚悟しとけよ。殺す。殺す。殺す。殺す。

今日、ディスプレイに躍っていた文字。文字の裏に張り付いた悪意。相手を罵倒するためだけの言葉。目にするだけで悪心を覚える。それが、翔琉の「クソが」に繋がっていく。

いいえ、まさか、繋がるわけがない。翔琉はわたしの息子よ。小さいときから気が弱くて、その分優しくて、ええ、とても優しい子じゃないの。このごろは苛々《いらいら》しているし、言葉も乱暴だけれど、それは一時のこと。思春期の男の子なんだもの、当たり前のこと。そうよ、そうに決まってる。咏子、あんた、何を考えてるの。見も知らない実習生たちを、外国人というだけで悪しざまに罵《のの》しるなんて、一方的に爆発事件の犯人と決め付けるなんて、翔琉がそんな酷《ひど》い、醜い、卑怯《ひきょう》な真似をするわけがないでしょ。

乳房の上をこぶしで叩《たた》く。思いの外、力がこもってしまった。胸の奥まで痛みが広がる。頰を汗が幾筋も伝わる。冷房を入れているのに、暑い。身体が熱いのだろうか。
詠子はイスに座り直すと、パソコンを再び起動させる。『モトユイ』と検索バーに入れてみる。日本髪の結い方とか色絵の紐《ひも》とかが出てきたが、さらに検索を続けると、難民の二文字が目に飛び込んできた。

難民支援団体　NPOモトユイ

みなさん、難民という言葉を知っていますか。わたしたちの町に難民と呼ばれる人たちがいることを知っていますか。

そんな一文で『モトユイ』についての説明は始まっていた。
日本には年間一万人以上の難民認定申請を行っている人々がいること。申請結果が出るまで平均で三年、長ければ五年以上もかかること。審査基準が厳しく、年に僅か数十名しか認定されないこと。国内に申請結果を待つ難民たちを支える措置や仕組み、セーフティネットがほとんどないこと。その中で多くの人々が難民と認定されず送還される恐怖や孤独、先の見えない絶望に苛《さいな》まれていること。この町に生きる難民たちを支援するために、二年前に『モトユイ』が設立されたこと。『モトユイ』は本来

〝元結〟、つまり、髻《もとどり》を結ぶ細い緒のことだが、元を結ぶ、結び合うの意で名付けたこと。そういう諸々《もろもろ》がわかり易く記されていた。

その説明文の後に数枚の写真が並ぶ。

「吉澤さん……」

目を見張った。息を詰める。暫く、固まっていた。

吉澤桃子がいた。薄茶色の肌をした、鼻梁《びりょう》の高い青年とスカーフで頭を覆った小柄な老女に挟まれて笑っている。ピントが合っていないのか、少しぼやけているが桃子に間違いなかった。今より髪が少し短く、頬が丸い。

立ち上げスタッフの一人として紹介されていた。

吉澤さん、そうだったのか。

心底から納得できた。桃子の言ったこと、話してくれたことが改めて胸に落ちる。

『モトユイ』にはルワンダからの難民もいるのだろうか。

でも、吉澤さん、何にも言わなかったな。

〝昭和の男〟やクエについてはあれこれしゃべったけれど、美味《おい》しいコーヒーやプリンを楽しみもしたけれど、桃子は一言も『モトユイ』について語らなかった。

こんな活動してるのよ。今、こういう状況でね。どうして、立ち上げに加わったかというと……そんな話題を僅かも口にしなかったのだ。

言う必要がないと判断したのか、言っても理解してくれないと思ったのか。

さらに読み進めていく。

「これは……」

口の中で不意に苦味が弾《はじ》ける。吐きそうだ。胸の奥が締め付けられた。

静まっていた鼓動が、さっきより強くなる。どっどっと耳の奥に音が響く。

どっどっ。どっどっどっ。どっどっどっ。

マスクは外しているのに、会社のホームページを目にしたときよりずっと息苦しい。

出て行け。犯罪者。ガイコクジンを排斥する。天誅《てんちゅう》。ハンニン、ハンニン、ハンニン。殺す。死ね。消えろ。

おまえたちこそが町の治安を悪化させている元凶だ。

わたし見たんです。あの爆発現場からアフリカ系のガイコクジンが逃げていくの。確かに目撃しました。警察に通報するつもりです。

通報してください。早く、早く。一刻も早く通報して、取り締まってもらいましょう。大ごとにならないうちに。

犯罪者の温床になりかねない団体だ。テロリストを匿《かくま》っている。

一日も早く、この町から出て行ってください。怖くて、道も歩けません。

我々とは絶対に相いれない人たちじゃないですか。

日本人としての誇りと意識を持って、自分たちのやっていることを振り返ってほしい。国賊と呼ばれてもしかたないでしょうね。

おれたちの税金、そっちに流れてるんじゃないの。日本人が大変な時に何してんだよ。返せ。ドロボー！

口を両手で押さえる。大きな悲鳴を上げてしまいそうだったのだ。

同じだ。そっくりなものもある。言葉は違っても、相手をずたずたに切り裂く悪意や、読むにも、見るにも、聞くにも堪えがたい罵詈《ばり》雑言、何の根拠もない一方的な決めつけと非難。鳥鳴縫製所のホームページに溢《あふ》れかえっていたものと重なる。ただ、鳥鳴縫製所はホームページを閉じたけれど、こちらは開いたままだ。つまり、この誹《ひ》謗《ぼう》中傷は今も流れ込んでいる。

詠子は我知らず身震いしていた。とっさに、スマホに手を伸ばす。

桃子は出なかった。

数回の呼び出し音の後、留守番電話に切り替わってしまう。

「吉澤さん、三上です。気になってお電話しました。また、連絡します」

短い伝言を吹き込み、唇を噛む。

吉澤さん……。

慌てて喫茶店を出て行った桃子の後ろ姿が浮かんだ。そのさい鳴り響いたカウベルの音までよみがえってくる。それから、クエの額の傷が、背中に散った痣《あざ》が次々に脳裡を過っていった。赤紫の、無残な傷跡たち。

暴力だ。ネット上では言葉の暴力が渦巻いているけれど、クエを傷つけたのは現実の暴行だ。石を投げ、踏みつけた。

吉澤さん、大丈夫なの。

鳥鳴縫製所のものより『モトユイ』への書き込みの方が過激で、獰《どう》猛《もう》な気がする。桃子たちが直接の危害を受けることはないのだろうか。

スマホを握り締めたとき、まったく別の思案が咏子の中で弾けた。さらに強くスマホを握る。そんなはずがないのに、小さな電子機器が呻《うめ》いた気がした。

翔琉。

翔琉はなぜ『モトユイ』のことを知っていたのだろうか。「クソが」。あの呟きが『モトユイ』に向けられたものだとしたら……、そうだとしたら……。

まさか、咏子、あんた何を考えてるのよ。翔琉があんな卑劣な書き込みをするなんて、あり得ないでしょ。そんな人間であるわけないでしょ。息子を疑うなんて、最低だよ。

かぶりを振り、自分を叱る。

そうだ、あり得ない。絶対にあり得ない。さっきも、そう自分に言い聞かせたではないか。翔琉ぐらいの年齢の少年が尖《とが》った口を利くのは、当たり前だと。同じことを繰り返して、ほんと馬鹿みたいだ。

咏子は深呼吸を二度、続けてみた。

気持ちが落ち着く。反抗期真っただ中の我が子に手を焼いて、的外れな心配をしてしまう。何もかもマイナスの方向に勘繰ってしまう。

「思春期男子の親あるある、ね」

声に出してみる。わざとふざけてみる。笑おうとしたけれど、口元が強張って滑らかに広がらない。もう一度、深呼吸をしようとしたとき、階段を下りてくる足音を聞いた。

「翔琉、どこに行くの」

私服に着替え、デイパックを背負った翔琉が玄関で靴紐を結んでいた。立ち上がり、振り向きもせず答える。

「塾」

「え？　でも、今日は塾の日じゃないでしょ」

「特別に指導してもらうんだよ。帰るの九時過ぎるかも」

「特別って、そんなの聞いてないけど。ちょっと、翔琉」

振り向かないまま、翔琉は出て行った。暫く玄関に佇《たたず》み、咏子はキッチンに引き返した。食器棚の抽斗《ひきだし》からファイルを取り出す。翔琉の通っている塾は年間の取り組みとは別に、細かな予定表や成績表を月毎に送ってくる。今月の物を確認してみた。

特別指導など、どこにもない。では、講師が個人的に教えてくれるのだろうか。

それはないだろう。高校の教師ならいざしらず、塾の講師が無料で指導してくれるとは思えない。そんな話を今まで聞いたこともない。

咏子は息を整え、台所を出た。階段を上り、翔琉の部屋の前に立った。チロがついてくる。

胸が騒ぐ。騒いで騒いで、どうしようもなかった。

ノブを回してみる。外から鍵《かぎ》は掛からないドアだから、抵抗なく開いた。一歩、踏み込む。完璧《かんぺき》に整頓《せいとん》されているとは言えないが、そこそこ片付いていた。窓もカーテンを開けられて、風が吹き込んでくる。そのおかげなのか、部屋の暑気はさほど酷くはなかった。

チロがベッドの上で丸くなる。そこで眠るのが当然だというように。もしかしたら、詠子が知らないだけで、しょっちゅう休息場として使っていたのかもしれない。翔琉がそれを許したのだろうか。

机の上にノートパソコンがある。昨年、丈史が新しく買い替える際にそれまで使っていた物を譲った。当然、型も性能も古いけれど、翔琉はけっこう喜んでいたはずだ。スマホは高校入学の祝いとして、渡した。そういう約束だったのだ。

パソコン、スマホ。詠子にはまだ不慣れな、未知の機器を翔琉たちは自在に使いこなす。他者と繋がるために、知識を得るために、何かを探し出すために、ちょっとした楽しみのために、時間潰《つぶ》しのために、誰かを、何かを攻撃するために、痛めつけるために……。

唾を呑《の》み込む。喉《のど》の奥が疼《うず》く。もう一歩、前に進む。さらにもう一歩。メタリックグレーのパソコンにそっと手を伸ばす。指先が震えていた。

不意に叫び声を聞いた。聞いたというより、頭の中に響いたのだ。

「何でこんなことするのよ。酷い、許せないよ」

咏子自身の声だ。今よりずっと若い、まだ十代の声だった。母が咏子の部屋に入り、本棚の奥に隠していた日記を盗み読みしていると知ったときの怒りの叫びだ。

「は？　親が子どものことを心配して何が悪いの」

母は鼻の先で嗤《わら》い、高校の制服姿の咏子を視線で舐《な》め回した。

「あんたは、ふしだらな女になりそうだからね。変な男と付き合っていないか調べてあげたのよ。親だから当たり前でしょ。あんたが許す許さないって話じゃないの」

と、平然と言い放ったのだ。当時、同級生と交際を始めていたが、恋人と呼べるほど濃密な仲ではなかったし、身体の関係などむろんなかった。高校生にしては幼い、初心《うぶ》な想いを日記に綴《つづ》っていたのだ。それを読まれた。

当たり前なんかじゃない。

許せない、絶対に。

あのとき突き上げてきた怒りが、自分の叫びが、鼓膜を震わせる。

咏子は指を握り込み、廊下に出た。後ろ手にドアを閉める。それから思い返し、チロのために少しばかり開けておいた。隙間から覗くと、チロは目を閉じ心地よさそうに眠っていた。少し羨《うらや》ましくなる。

「ママ」

呼ばれた。階段に足をかけ、紗希が見上げている。

「あ、お帰りなさい。遅かったね」

作り笑いを浮かべ、急ぎ足で階段を下りる。紗希が首を捻《ひね》った。

「どうしたの、ママ。何かあった？」

「え、いえ別に何にも。お兄ちゃんの部屋に風を入れようかと思っただけ。でも、もう窓が開いてたからね、何にもすることがなかったの」

人は疚《やま》しいと饒舌《じょうぜつ》になるものだろうか。いつになく多弁な母を紗希は瞬きしながら、見詰めていた。その視線から目を逸《そ》らし、咏子は唇を結んだ。

娘の顔さえまともに見られないような真似をしようとした。疑うことと心配することは別だ。無関心と信頼が全く違うように違う。

紗希がそっと咏子の手を握った。

「ママ、お兄ちゃんと何かあったの？　喧嘩《けんか》とかした」

「喧嘩？　いいえ、してないわよ。どうして？」

「さっき、坂のところでお兄ちゃんとすれ違ったよ。あたしのこと気が付かなかったみたいで、それで、お兄ちゃん……」

「翔琉がどうかした？」

紗希の唇がもぞもぞと動く。言うべきかどうか、迷っている風だ。咏子は柔らかな手を握り返した。腰を落とし、紗希の顔を覗き込む。紗希が心持ち顎を上げた。

「お兄ちゃん、すごく怖い顔してたよ。怒ってるみたいな、苛々しているみたいな、えっと、あの、何かを睨んでるみたいな、えっと、よくわからないけど怖い顔だった。いつもの優しいお兄ちゃんとは違う人みたいだった。あたしにも気が付かなくて、どんどん行っちゃったよ」

「お兄ちゃんて、いつもは優しい？」

「うん、優しいよ。勉強、教えてくれるし、ゲームで遊んでくれる」

紗希が目にした翔琉の険しさは気になる。胸がざわめく。でも、〝優しい〟の一言に安堵《あんど》する思いもあった。〝優しい〟に縋《すが》りたい気持ちにもなる。

「この前はね、『紗希はシリョブカイな』って言ったの。シリョブカイって意味がわからなかったけど、何でもじっくり考えられる力のことだって、お兄ちゃんが教えてくれたよ。それって、すごく褒めてくれてるでしょ。あたし、わくわくするぐらい嬉《うれ》しかった」

思慮深い。そんな言葉で翔琉は妹を称《たた》えたのか。

「ママ、ね、ほんとに大丈夫？　何か、お兄ちゃんもママも変だよ」

「あ、そうかな。でも、何にもないよ。紗希が心配することなんて、なーんにもないから」

微笑み、片手をひらひらと振ってみる。紗希も口元を緩めた。

「じゃ、よかった。あっ、手を洗って来るね」

紗希はランドセルを背負ったまま、洗面所に消えた。

思慮深い。確かな誉め言葉だ。そして、翔琉はその場凌《しの》ぎや、いいかげんな気持ちで口にしたのではないだろう。妹の内に芽生えている思慮深さをちゃんと気取っていたのだ。紗希が言葉に詰まり、それでも懸命にしゃべろうとするのは深く考え、誠実にしゃべろうとするからだ。それを咏子は要領が悪いと決めつけ、翔琉は思慮深いと察した。

紗希と繋いでいた手をゆっくりと握り締める。少女の仄《ほの》かな温《ぬく》もりがまだ、残っていた。

「何をそんなに心配してるのか、よくわからんな」

僅かに眉を顰《ひそ》めて、丈史は言った。帰宅した夫に思い切って翔琉のことを打ち明けた、それに対する返事だ。

「親に対して、ちょっと刺々《とげどげ》しい物言いをするなんて、あの年頃なら普通だろう。それをいちいち気にしていたら、子育てなんかできないよ」

「でも、塾のことは嘘だと思うんだけど」

「かもな。けど、それだって、よくあることだよ。友だちと、うん、もしかしたら女の子と逢《あ》う約束してたのかもしれない。だから、塾を口実にした。これからカノジョとデートしてきますなんて、正直に母親に告げる高校生なんてそうそういないだろう。いたとしたら、そっちの方が問題だと思うけどな」

「平日にデート？　一旦《いったん》家に帰って着替えてから？」

「そういうことだって、あるさ」

　ウィスキーのグラスに氷を入れながら、丈史は軽くかぶりを振った。

「翔琉には翔琉の事情ってものがある。もう高校生なんだから、そこを尊重してやれよ。それに、夜遊びしているわけじゃなくて、もう帰ってきてんだろ」

「ええ、あなたより三十分ほど早くに」

「としたら、九時には帰宅してたわけじゃないか。問題ないって。深夜まで遊び惚《ほう》けてたわけじゃなし、親に小さな嘘をついて外出したくらい、大目に見てやれよ。きみは少し神経質過ぎるんじゃないのかなあ。男の子の親なんて、もっと、どーんと構えてた方がいいって」

　酔いのせいなのか、丈史の目の周りが薄《う》っすらと紅《あか》い。そういえば、このところ酒量が増えたのではないか。さして酒が強いわけでもないのに、ウィスキーも焼酎《しょうちゅう》も減りが早い気がする。

「もう何年かして、翔琉が大人になったら笑い話でお終《しま》いになるって。『そうそう、あのころ、母さんもおれもやけにぴりぴりしてたなあ』なんて、な。おれにも覚えがあるから」

その通りかもしれない。けれど、こんなに容易《たやす》くいなされてしまっていいのだろうか。反抗期の息子、息子に苛立つ神経質な母親、それを説得する寛容な父。そんな構図で納得してしまっていいのだろうか。それで、この胸の騒ぎを収められるだろうか。

咏子は呼吸を整えた。ソファーに座る丈史の横に立つ。

「あのね、わたし、翔琉の態度や物言いだけであれこれ悩んでるわけじゃないの。実はね、今日、パート先で大変なことがあったの」

ホームページのこと、クエたちへの暴行のこと、翔琉が『モトユイ』を知っていたこと、『モトユイ』のホームページにも目を背けたいほどの悪口が溢れていたこと。今日、自分が見聞きした諸々を掻《か》い摘《つま》んで伝える。峰子の起業の話はとりあえず伏せておいた。今、語っている問題とは関わりない。

「ねえ、聞いてる？」

少し前のめりになって、赤らんだ夫の顔を見やる。

「ああ、聞いてるけど。じゃなにか、きみは翔琉がその書き込みをしてるんじゃないかと、疑ってるわけなのか。それで、不安になってる？」

「疑ってるわけじゃないの。でも、ちょっと不安になったのは事実。けど……そうね。あの子がそんな真似するわけないものね。しゃべってみると、気持ちが落ち着いたわ」

事実だった。ちゃんと説明したいと、順序立てて冷静にしゃべっているうちに、自分の心内が整理されたと感じる。仕事場でも家でも、あまりに醜い卑劣な罵詈雑言にさらされた。それは、咏子の心を思っていた以上に痛めつけたようだ。

もともと、攻撃的な言動には敏感だ。幼いころから、ずっと苦しめられてきたからだろうか。人の心身を苛むどんな言葉も行為も許したくないと、強く思うのだ。

「別に、いいんじゃないかなあ」

呟きが耳朶《じだ》に触れた。それが目の前の男から漏れたと気付くのに、束の間の時がいった。

「え？　いいって、何が？」

「万が一、翔琉がそういう書き込みしてても騒ぐほどのものじゃない。別にいいだろ」

目を見張る。二十年近く夫婦として生きてきた相手をまじまじと凝視してしまう。

この人、何を言ってるの。わたしの説明が悪かった？　ちゃんと伝わっていない？

ソファーの上で毛繕いをしていたチロを丈史はひょいと抱き上げた。しかし、酒の臭いが気にいらなかったのか、気紛れにしか関わってこない人間が疎ましかったのか、チロは身を捩《よじ》り、丈史の手から逃げた。

　丈史が肩を竦める。

「ネットなんて、過激になってナンボってとこあるからな。それに、こんな世の中だから、職を失ったり食うに困ったりしている日本人、いっぱいいるだろう。そこまでいかなくても、いつクビになるかわからない、店が潰れるかわからない、そういう人たちは巷《ちまた》に溢れてるじゃないか。うちの会社だって、御多分に洩《も》れずだ」

「え？　どういうこと？」

　目を見開いた妻を横目で見やり、丈史は続けた。

「おれは今、人事部の部長代理を務めているだろ」

　丈史が部長代理というポストに就いたのは二年ほど前だ。年齢的には順当過ぎる程の昇進なのだと聞いていた。

「部長代理なんて聞こえはいいけれど、要するに人員整理の現場で矢面に立たされるってことさ。上の方針として、外国人の雇用を促進しつつ日本人の雇用も守りたい。しかし、業績が悪化すればリストラも含めて雇用調整に動かなきゃならない。まったくな、どうしろってんだ」

「あなた……」

丈史が仕事について語る、特に愚痴や不満を零《こぼ》すのは珍しい。

「あなた、会社で何かあった？」

「別に何もないさ。来年早々には会社が希望退職者を募るらしいが応募が少なければ、人事部で対象者を選び出さなきゃならなくなる。それだけだ」

「対象者って……日本人を？」

「正社員対象だからな。当然、日本人さ。その前に派遣は契約を打ち切られる。うちの会社だけでも、百人近い者が職を失うはめになるかもしれないんだ。なのに、他の国の人がちゃんと職に就いてたり保護されたりしてるの、おかしいと考えても仕方ないよ。それが我々の税金で保障されてるなんて話だと、余計に腹立たしくなるんじゃないか」

丈史はウィスキーを飲み干すと、一瞬、目を伏せた。

「おれは別に、それが正しいなんて思わないさ。けど、持って行き場のない感情をぶつけたくなるのもわかる気がするし。まあ、どっちにしても、きみが気に病むようなことじゃないよ。そういう書き込みって、ぱっと広がりもするけど消えるのもあっという間だから。また社会が上手《うま》く回り出したら、みんな、すぐに忘れちゃうからな」

「けど、そんなのおかしくない。まったく無関係の赤の他人に自分の感情をぶつけるなんて。ぶつけられた方はどうしたらいいの」

「いいかげんにしろよ」

丈史の語気が険しくなる。眉間《みけん》にくっきり皺《しわ》が現れた。

「仕事で疲れてるんだ。家に帰ってまで、煩わしい話を聞かさないでくれ」

咏子は息を詰め、我知らず足を引いていた。ほんの半歩分はどだが。

煩わしい。その一言を、胸の内で繰り返し呟く。

煩わしい。煩わしい。煩わしい。煩わしい……どうして？

泣き言を並べたつもりはない。文句や嫌味を投げかけたわけでもない。丈史の言葉に違和感を覚え、それを告げようとしただけだ。

理不尽に一方的に相手を攻撃して溜飲《りゅういん》を下げる。一時的にでも苛立ちを解消する。そして、忘れてしまう。

みんな、すぐに忘れちゃうからな。

そんなわけがない。覚えている。記憶に刻まれ、容易く消えたりしない。すぐに忘れられるのは攻撃した方だけだ。された方はいつまでもいつまでも、刻まれ消えない傷を疼かせねばならない。

わたしには、わかる。

咏子は唇を噛みしめた。クエの怯えや桃子の苦渋がわかるなんて断言できるわけがない。二人とも咏子には窺《うかが》い知れない想いや現実に直面しているはずだ。でも、全部が不明じゃない。わかる部分もある。痛めつけられた者の疼き、ひたすら耐えねばならない者の苦痛、逃げる術《すべ》を持たない恐怖。経験してきた。だから、わかる。

詠子の場合、攻撃者は親だった。とても具体的で生々しかった。その姿も声も現実のものとして捉えられた。だから、余計に絶望感に襲われる部分もあった。けれど、得体の知れない、触れられないどころか見えもしない、つまり妖怪《ようかい》や幽霊と大差ない者が相手だとしたらどうだろうか。やはり、絶望的な心持ちは募るのではないか。実体はないくせに、リアルな声や言葉を持つ。

闘い方がわからない。

クエも桃子も徒手空拳《くうけん》のまま妖怪や幽霊と大差ない、いや、ずっと性質の悪い者たちを相手にしなければならないのだ。

煩わしいの一言で、片付けていいわけがない。

さらに強く唇を噛む。丈史がため息を吐いた。それから吐息のように「詠子」と囁いた。返事をする間もなく、腰を抱かれ引き寄せられる。

「そんな暗い顔、するなよ。このごろどうした？　前はいつも笑っていたのに」

丈史の指に力がこもる。微かなウィスキーの香りと男の熱が感じ取れた。

「笑っていた？　わたしが……」

「そうさ。結婚するときに約束したじゃないか。いつも穏やかに笑っている奥さんになるって。咏子はいつも明るくて、素直で、嫌なことがあっても暗い顔なんかしたことなかったよな。ちゃんと約束を守っているわけだろう」

咏子は身体が震えるのを覚えた。

確かに約束した。丈史がそう望んだからだ。

「うちの親二人して、真面目というか堅物というか、大声で笑ったりしゃべったりするのは悪だ、みたいな考え方してて、家の中で誰かがにこにこしてるなんてこと、ほとんどなかったんだ。子ども心にも、家のそういう雰囲気が重くて、好きじゃなかったんだよなあ。いや、むしろ苦痛だった。こんな家は嫌だって、小さいころから思ってたよ。だから、おれは笑って生きていきたいんだ。笑い声が溢れているみたいな、明るくて楽しい家庭がいいよ。だから、咏子、いつでも笑っていてくれよ」

結婚前、丈史から告げられたとき、咏子は眼球の奥が熱くなるのを感じた。込み上げてくる涙をこらえながら「ええ、もちろん」と頷《うなず》いた。これから、この男と明るくて楽しい家庭を築いていくのだと、胸が震えた。

あのときから、ずい分と長い年月が流れ、義父母は既に鬼籍に入ってしまった。

義父は定年まで県庁の職員として勤め上げた人だ。それだけが理由ではあるまいが倫理にうるさく、丈史や二つ違いの姉の躾《しつけ》には厳しかったようだ。

規律は守れ。常識からはみ出すな。どんな些細《ささい》な事でも、他人に後ろ指を差されないようにしろ。自分の行動が正しいかどうか常に自己検証できる者になれ。

「姉貴なんか中学、高校と、髪を染めるどころか肩より長く伸ばすことさえ禁止されてたんだ。学校側じゃなくて親に、な。姉貴のやつ『できるならJKに戻って、制服着て茶髪のロングにしたい。お父さんには、わたしの青春返してって訴えたいよ』なんて本気で言ってた。もう中年ど真ん中って年なのになあ。親父の葬式のときも、同じような文句を言ってた気がする。ま、気持ち、わからないじゃないけどな」

もう十年ちかくも過去になる。義父の七回忌の法要の後、喪服を脱ぎながら丈史は語っていた。少しばかり酔っていたからか、いつもより口が軽かった。

「でも、お義父《とう》さんもお義母《かあ》さんも、あなたやお義姉《ねえ》さんを叩いたりはしなかったんでしょ。ご飯もちゃんと食べさせてくれて、大学まで進学させてくれたのよね」

「あ、うん。まあ、そうだな。夏休みには必ず泊まりがけで海に出かけてたし、冬は冬でスキー場に連れて行《う》ってくれてたっけな」

十分だ。子どもを餓えさせず、暴力も振るわなかった。それで十分だと咏子は思う。ただ、丈史が緊張することのない、安らげる場所を欲しているとわかっていたから、親子四人の暮らしが穏やかであるように咏子なりに気を遣ってきたつもりだった。それが、このところ崩れているのかもしれない。紗希にはついつい荒い物言いをしているし、翔琉には妙な不安を抱いてしまう。

いつも穏やかに、笑みを絶やさず、明るく振る舞う。

無理だ。とうてい、できない。だって、現実には考え込まねばならないことが、異を唱えたくなることが、抑えきれないほどの怒りを覚えることが、叫びたいことがあるのだ。幾つも幾つも、あるのだ。それに……。

わたしだけ？

昔、兆しもしなかった疑念が頭をもたげる。

わたしだけが笑っていなきゃならないの？　暗い顔をしていちゃいけないの？　穏やかなのも、笑みを絶やさないのも、明るく振る舞うのも、わたしだけに課せられたもの？

丈史さん、あなたは何もしなくていいの？

夫を見上げる。丈史の眉間に浅い皺が寄った。

「ほら、また、そういう顔をする。母親が笑っていないと、子どもたちがかわいそうだぞ」

そこで小さく笑み、丈史はさらに咏子を引き寄せた。身体が密着する。

昔はもっと硬かったな。

ふっと、思った。丈史の身体はゆっくりと、でも確実に緩み柔らかくなっている。硬く引き締まった身体がいいわけでも、好きなわけでもない。丈史の心身を愛せるかどうかだ。今でも愛しているか、これからも愛し続けられるかだ。

「咏子、大切なんだ」

耳元で丈史が囁いた。湿った息が耳朶に触れる。指が髪を掻き上げ、さらに息がかかる。

「おまえも子どもたちも、とても大切なんだ。守りたいんだよ」

守る？　何から？

脳裡で閃《ひらめ》いた疑問がそのまま口をついた。

「守るって、何から？　わたしたち、何から守られなきゃならないの」

とたん、丈史の表情が強張る。白けたと言ってもいいかもしれない。眉がさっきより強く顰められ、唇が心持ち尖った。

「何って……いろいろじゃないか。いろいろ、あるだろう」

「いろいろあるけど……。でも、具体的でないとわからないわ」

守ってもらわねばならないもの。守らねばならないもの。手を携えて向かっていかなければならないもの。それらは〝いろいろ〟で括《くく》ってしまえない。

「まったくなあ」

丈史が肩を竦め、離れていく。唇は尖ったままだ。

「どうして、そんなに理屈っぽい、可愛げのない女になったんだよ」

目の前にいる男を凝視してしまった。喉の奥に小骨が突き刺さったような、うまく息ができないような感覚に襲われる。

「嬉しいわ、とても嬉しい」「大切だって言ってくれて、ありがとう。泣きそうよ」「これからも、ずっと守っていてね。わたしもあなたや子どもたちのためにできる限りがんばるからね」「あなたと結婚できて、ほんとによかった」。そんな薄っぺらだけれど甘く心地よい返事を、丈史は期待していたのではないか。

「守りたい」という一言は、きっと嘘ではない。本心からの言葉だ。深い思考に裏打ちされてはいないけれど、純粋な想いであったのだろう。ならば、ちゃんと応えるべきだった。

嬉しいわ。とても嬉しい大切だって言ってくれてありがとう泣きそうよこれからも……。

たった一句であったとしても、ほんの短い受け答えであったとしても意に沿うように返すべきだった。べきだった？　そうだろうか。

詠子は目を伏せ、自分の指先を見詰める。

相手の意を汲《く》んで返事を選ぶ。それでいいのだろうか。深い思考に裏打ちされていない純粋な想いを全部受け入れて、感謝して、可愛く笑って、それでいいのだろうか。

その想いはクエを庇《かば》うことに、ネットから溢れ出る暴力的な悪意に立ち向かうことに、詠子自身を守り続けることに役に立つのだろうか。でも……。

胸の内でかぶりを振る。

でも、丈史を嫌な気分にさせたくない。

丈史は、酒はほどほどに嗜《たしな》むが、煙草は吸わない。翔琉を妊娠したとき、副流煙が怖いと告げたらあっさり止めてくれた。女遊びともギャンブルとも縁が無い。暴言も暴力も振るわない。声を荒らげることさえ稀《まれ》だ。真面目に働いて暮らしを支えてくれる。この上、さらに何かを望むのは贅沢《ぜいたく》だとわかっている。自分の育った家庭に比べれば、三上家は理想郷に近い。ちょっとした諍《いさか》いはあるけれど、本当にちょっとしたものだ。深く傷つけるわけでも、傷つくわけでもない。丈史に出逢い、家庭を持ったからこそ、過去と決別できた。丈史のおかげだ。だから、嫌な気分にさせたくない。させてはいけない。

ごめんなさい。

謝ろうとした。謝って、微笑んで、感謝もする。それでこの気まずさは消えてしまう。謝ればいいんだ。とても簡単なことじゃないか。今までだって、そうしてきた。良い悪いじゃなくその場の雰囲気を保つために、必要なら、さっさと詫《わ》びてお終いにしてきた。

「悪かったな」

丈史が軽く頭を下げる。

「咏子が可愛げがないみたいな言い方しちゃって、悪かったよ」

「あ、いえ……そんなこと」

不意を突かれたようで、少しまごつく。先に謝られたら、どうすればいいのか。

「仕事で苛つくこと多いし、酒が入ってるしでつい口が滑っちゃったかな」

「疲れてる？　話を聞くだけで大変なようだけど」

「まあな。こういう状況だから大変じゃないところの方が少ないだろうな。どこも右往左往してるさ。その皺寄せ、もろに被《かぶ》るのが現場のおれたちってわけだから」

「そう……。あ、でも口が滑ったってのは日頃、思ってるってことじゃない」

冗談めかして笑ってみる。謝るタイミングを逸した気がして、どうしたらいいかわからなかった。

「あ、いやいや、そういうわけじゃないない。絶対にないって」

「むきになって否定するところが怪しいな」

今度は声を出して笑う。丈史も笑っていた。

安堵する。これでいい。こうやって冗談を言って、笑い合える。最高だ。何の問題もない。ごちゃごちゃと、あれこれと考え込み、理屈っぽく可愛げがなくなるより、こっちの方がいいのだ。きっと。それに、丈史の疲れが気にかかる。

雇用調整、リストラ対象者、人員整理、矢面。一つ一つの言葉が押し掛かってくるようだ。正直、そんな立場で働いているとは想像していなかった。申し訳ない心持ちになる。

だから、よけいに笑っていようと思う。周りが安心できるように……。

「夕食、食べるでしょ。子どもたちは先に済ませちゃったのよ」

「ああ、いや、いいよ。あまり腹が減ってなくて。それより、風呂《ふろ》に入りたいけどな」

「酔ってるのに大丈夫？　少し酔いを醒《さ》ましてからにしてよ」

「それほど飲んでないって」

夫婦としての会話が続く。安堵の感覚が広がる。その感覚の底に澱《おり》のような何かがある。何かが溜《た》まって、黒く、硬い塊になっていく。

スマホが鳴った。

ディスプレイに〝吉澤さん〟の文字が浮かび上がる。リビングを出て行く丈史を目で追いながら、スマホを耳に当てる。無機物の冷たさが伝わってきた。

「もしもし、吉澤さん」

「あ、三上さん。うん、吉澤です。ごめん、連絡をくれてたよね」

「あ、ええ。でも、あの、急用とかじゃないの。ちょっと気になって」

「気になる？　何が」

ほんの僅かだが桃子の声が低くなった。思い過ごしだろうか。

「あの、あのね、昨日、吉澤さんと逢ったときね、慌てて出て行ったでしょ」

「うん。どたばたしちゃったね。それこそ、急用ができたもんだから」

「その急用って、あの爆発事件に関わりある？」

早口で尋ねる。くぐもった、小さな音が聞こえた。桃子が喉を鳴らしたのだ。咏子は、やや早口になりながらしゃべり続けた。

「『モトユイ』のホームページ、見たよ。吉澤さんの写真も見た。それで、あの酷い書き込みも……。あまりに酷いので気分が悪くなったほどで……」

「そっか。それで心配してくれたんだ」

桃子の声音が元通りになる。いつものあっけらかんとした明るさを取り戻す。咏子はスマホを強く握り直した。

「心配してた。わたしのパート先でも同じことがあったの。いえ、書き込みだけじゃなくて、実際に暴力事件が起こったの」

「えっ、まさか三上さん、襲われたとかじゃないよね」

「わたしじゃないの。クエさん。ベトナムからの実習生が怪我をさせられたの。クエさんともう一人、買い物して寮に帰る途中、突然、石を投げられたりしたのよ」

「まっ」

声とも吐息ともつかない音の後に、桃子ははっきりと「やっぱり」と呟いた。

「やっぱりって、吉澤さん、わかってたの？」

「うーん。もしかしたらぐらいは思ってたかな。ちゃんと忠告するべきだったね。ごめんね。つい、こっちの騒ぎに気を取られちゃって、余裕がなかったよ」

「吉澤さんは大丈夫？　書き込み読んでると、すさまじいけど……」

「まあ、ああいうのはね。大半は何にも知らないくせに、騒いでるだけなんだよ。自分たちは絶対に傷付かないところに潜んで、相手だけ攻撃するの。自分たちは痛くも痒《かゆ》くもないんだから、おもしろいんだろうね。というか、恰好《かっこう》のストレス発散になるんじゃないの。今の時代、ストレス溜め込んでない人の方が珍しいぐらいだからね」

桃子はさらりと言い切った。他人事《ひとごと》のようには聞こえないが、落ち着いてはいる。

「でも、ストレス発散の対象にされちゃかなわないわ。クエさんは、血を流したのよ」

額の傷。身体の痣。今思い出しても足が竦む。

「うん。かなわないね。とんでもない話だよ」

「吉澤さんたちはどうなの。リアルな被害はなかった？」

「おおあり。書き込みだけじゃなくて、これ、まるっきり脅迫文だよねって手紙が届く。封筒の中に剃刀《かみそり》の刃や血の滲《にじ》んだティッシュが入ってたりして、あまりに古典的なんで怖いより、笑えた。笑った後にじわりと怖くなったけどね。それに、今朝、窓が割られたの。誰かが外から石を投げたみたい」

「窓を……」

粉々に砕けたガラス、転がった石ころ、見知らぬ誰かの高笑い。見えて、聞こえる気がする。でも触れられない。実体がないのだから。鼓動が速くなった。この町は、この国は、どこもかしこも悪意だらけなのだろうか。実体を持たない悪意だけが飛び交って、膨れ上がっているのだろうか。

「犯人は若い男らしいの。二、三人はいたみたい。逃げていく姿をスタッフの一人が見ててさ。マスクして帽子を被っていたから顔はほとんど隠れてたんだけど、みんな痩《や》せてて若かったみたいなのよね。でも、それ以上はわかんないの」

ハンニンハ　ワカイ　オトコ　ラシイ。

桃子の声がとぎれとぎれに鼓膜を震わせる。鼓動がさらに速まる。腋《わき》の下に汗が滲んだ。

翔琉の横顔が浮かび、揺れる。

まさか、そんなことあるわけがない。まさか。まさかね。

「警察に被害届を出したんだ。犯人が捕まるかどうかはわからないけど、立派な犯罪だよ。犯罪を立派とか言うのも変だけどね。地方紙だけど新聞社も取材に来てくれたの。記事にしてもらうつもり。ホームページでも訴えるよ。犯罪を野放しにけしないって」

桃子の物言いは冷静だった。揺らぎも動じもしていない。何となくほっとする。

「吉澤さん、強いね。ちっとも怖がってなくて」

心からの称賛を伝える。咏子自身は、ずっと揺れているし、動転も狼狽《うろた》えもしている。し続けている。身体ではなく心が疲れて、くずおれそうだ。萎《な》えて、前を向く気力がわいてこない。クエ、翔琉、自分、三人がそれぞれに濁流に呑み込まれてどこかに連れ去られてしまう。そんな怯えさえ心の内にわだかまっている。桃子の強さが眩《まぶ》しい。

「怖いよ」

ぼそりと、桃子が呟いた。「え？」と聞き返す。

怖い？　吉澤さんも怖がっているの？

「怖いよ、とっても。だって相手が見えないんだもの。クエさんが襲われたって聞いたとき、背中がぞくっとしちゃった。わたしが襲われてもおかしくないんだって思ったからね。幸い、今のところ『モトユイ』のスタッフも集まってる人たちも無事なんだけど、いつ危害を受けるかわからないって雰囲気で……あ、でも、長々と話してても大丈夫？」

桃子が気遣ってくれる。ほとんど同時に丈史の呼ぶ声がした。

「おーい、おれのバスタオルどこだっけ」

咏子はスマホを耳に押し当て、囁いた。

「吉澤さん、どこかで逢えない？　五分でも十分でもいいの」

ほんの少しの間だが、桃子は黙り込んだ。沈黙の重さがスマホに加わり、手が痺《しび》れるみたいだ。咏子は唇を結んだ。

迷惑だったかも、いや、迷惑に決まっている。今、桃子の置かれた状況からすれば、咏子と逢うどころではないに決まっている。

「あ、吉澤さん、ごめんなさい、無理言っちゃって。大変なときだものね。落ち着いてからまた、連絡するから」

「明日《あした》の午後は？」

「はい？」

「逢うの、明日の午後なら大丈夫だけど。だいたい二時ぐらいかな。どう？」

「いいの？」

「いいよ。わたしも話したいことあるから。けどさ、ね、三上さん」

「うん？」

「そんなに謝ってばかりじゃ疲れない？」

一瞬、何を言われたのか理解できなかった。理解したとたん、頬が熱くなる。

「だって、吉澤さんが忙しいのに、わたし無理を言ったから」

無理じゃないよと桃子は返してきた。

「三上さん、謝るようなこと何もしてないし、言ってない。でしょ？」

くすくすくす。不意に笑い声が聞こえた。

「三上さんて、いいかげんに謝らないものね。本気で謝るから」

桃子は笑った。あっけらかんと明るくて、優しい笑い方で笑い声だ。だからなのか、頬の火照りが薄れていく。

「いいかげんにって口先だけってこと？」

「うーん、そうかな。ま、適当に謝っとけばいいやみたいな謝り方、いっぱいあるでしょ。あちこちで溢れかえってるよね、そういうの。謝罪会見なんてほぼほぼ、そうじゃない」

不祥事を起こして頭を下げる国会議員の姿が浮かんだ。その不祥事が何だったか思い出せないけれど、議員の「ご心配、ご迷惑をかけて申し訳ない。心からお詫び申し上げます。深く反省し、これからは、みなさまの信頼を取り戻すためにも職務に邁進《まいしん》していきたい所存です」という台詞は覚えていた。紗希が首を傾げながら「おじちゃんたち、みんな同じこと言うね。他の謝り方しちゃいけないのかなあ。でも、難しいから紗希、何言ってるかわかんないけど」と呟いたからだ。たまたま傍らにいた翔琉がそこで噴き出した。

「紗希、おまえ鋭いな。すげえよ」

そう言って、妹の頭を軽く叩いた。おまけに、片目をつぶって見せたりした。翔琉が声を出して笑うのも、お道化《どけ》た仕草をするのも本当に久しぶりだったから、その一場面は国会議員の台詞とともに記憶に刻まれていた。あれも〝適当に謝っとけばいいやみたいな謝り方〟なのだろう。紗希と翔琉のやりとりがなかったら、その場で忘れてしまったはずだ。頭の隅にも残っていなかったはずだ。

「謝ることなんて、何にもないから。わたしも逢いたいと思ってたんだからね。じゃ、明日午後二時、駅の西口、改札前で待ち合わせ。どう？」

「わたしは、問題なしよ」

「じゃあ、それで。明日ね、バイ」

極端に短い、高校生のような挨拶を残して通話が切れた。

あの喫茶店じゃないんだ。

駅での待ち合わせは意外な気もしたが、気持ちは軽くなった。

わたしも逢いたいと思ってたんだからね。

少しぶっきらぼうに告げられた言葉に、ほっとする。

カタリ。物音に振り返ると、翔琉がリビングに入ってくるところだった。

「親父、帰ってきたよな」

「ええ、今、お風呂に入ってるけど。お父さんに何か？」

「いや。別に……」

翔琉の視線が素早く室内を巡った。それから一息を吐き出し、キッチンに向かう。

「どうしたの。お父さんに用があるの」

それとも、避けているのか？　いないのを確かめて、入ってきた？　まさかねと心内でかぶりを振る。このごろ、滅多に話をしなくなったけれど、翔琉はどちらかというと父親っ子だった。丈史も初めての我が子を可愛がっていた。中学生になるまでは父子二人で、釣りやキャンプに出掛けることもあったのだ。十代に入ると少しずつ父親と息子の距離は開いていったようだが、それも成長の一面だろう。翔琉が全面的に父親を拒んでいるわけでは、決してない。ただ、このところ翔琉は謎だ。何を考えているか、咏子には見当がつかない。丈史にもつかないだろうが、咏子ほど気にしてはいない。胸にわだかまる不安を伝えても一笑に付されてしまう。実際、さっきもそうだったではないか。

翔琉は無言のまま冷蔵庫から麦茶のボトルを取り出し、グラスに注いだ。

「親父って、どんな人なんだろうな」

呟きが耳に届いた。

「え？　どんな人って？」

「もうずっと前だけど、おれが小学生のころ……親父と歩いていたら知らないおばあさんに道を尋ねられたんだ。何月か忘れたけど、今みたいに暑かったのは覚えてる。なのに、そのおばあさん厚手のコートみたいなの着て、マフラーまで巻いてた。頭もぼさぼさで、歯も抜けてて、おれドン引きして、嫌悪っていうより怖くて……」

翔琉は、ぼそぼそとではあるが、しゃべり続ける。咏子はその不明瞭《ふめいりよう》な言葉に耳を傾けていた。

「けど、親父はおばあさんの話をちゃんと聞いてんだ。けど、おばあさんの尋ねた場所って、隣の県の市だったみたいで、歩いて行ける所じゃなかった。そしたら、親父、おばあさんと一緒に近くの交番まで行って、よくわかんなかったけど、おばあさんを慰めたり励ましたりしてたみたいで……」

グラスの麦茶を一口飲み、翔琉は口元を拭《ぬぐ》った。

「親父ってそーいう人だったなって記憶がある。そんだけの話」

そうね、お父さんは優しい人よね。

と、頷くのは容易い。しかし、翔琉の物言いには安易な同調を拒む重さがあった。僅かに戸惑う。重さの意味を計りかねるのだ。

「ね、翔琉」

グラスを手に出て行こうとする息子を呼び止める。

「明日ね、吉澤さんと逢う約束をしたの」

立ち止まったまま翔琉は、〝吉澤〟が誰なのか問わなかった。問わなくても知っているのだろうか。咏子は唾を呑み込み、手の中のスマホをテーブルの上に置いた。

「『モトユイ』を立ち上げたスタッフの一人よ。紗希のクラスメートのお母さんでもあるわ」

「ママ友ってやつ？」

「え？　あ、いえ違う……かな」

桃子をママ友とは呼べない気がする。では、どういう関係なのだと突っ込まれたら、返事に窮するだろう。〝逢って話したい相手〟というのが一番、ぴったり添うだろうか。

「いろいろ話したいことがあって……。あの爆発事件以来『モトユイ』も大変で」

最後まで言い切れなかった。翔琉が出て行ったからだ。ドアが音を立てて閉まる。

母親の話など聞く気はないと宣言するような唐突な動きだった。

「パパ、バスタオルは棚の上にあるよ。見たら、わかるでしょ。何でもママに頼らないの」

紗希が声を張り上げ、父親に注意している。曇りガラスのドア越しに、丈史は何と答えたのだろう。想像すればおかしい。でも、笑えない。どうして急にお父さんの話なんか始めたの。わたしから、あれこれ聞かれたくないから。

翔琉。あんた、何を考えてるの。何をしているの。

問い質《ただ》したい思いはあるけれど、問い質す覚悟ができていない。

クーラーの音が少し高くなった。室温が上がってきているのだろうか。庭に通じるガラス戸に白い翅《はね》の蛾が張り付いている。ぼんやりと見詰めてしまった。蛾は咏子の視線を厭《いと》うようにひらりと舞うと、どこかに飛び去って行った。

六章　わたしの物語

市の中心から離れれば離れるほど、道路はお粗末になっていく。一車線の県道はあちこちが浅く陥没しているのか、車体が時折、不自然に揺れた。

「何でも優先順位、付けられるからねえ」

ミニバンのハンドルを握りながら、桃子が呟《つぶや》く。一際大きくガタリと揺れた直後だった。咏子は助手席から桃子の横顔に目をやった。お互いマスクを着けているから表情を読み取ることは難しい。それでも、桃子はこころなしか窶《やつ》れて見えた。

「道のこと？」

「諸事万端。何でもかんでもだよ。道路を直すのも、人を支援するのも順位がね」

前を見据えたまま、桃子は続けた。

「あるんだよね。その順番がいつ回ってくるかわかんないのが辛《つら》いのよね」

ガタッ。また車が揺れた。さっきより揺れは小さい。

桃子に逢《あ》ってすぐに、ロータリーに止めてあった車に案内された。正直、驚いた。

駅地下か近くのカフェで小一時間ほど話ができたらと思っていたのだ。桃子が忙しいなら、立ち話でも構わない心づもりだった。それが顔を合わせたとたん、桃子に腕を取られ「ドライブに付き合ってね。家まではちゃんと送るから」と、このミニバンに押し込まれた。押し込んだ相手が桃子だから恐怖は僅《わず》かも覚えなかったが、戸惑いはする。

車の中は微《かす》かにシナモンに似た香りが漂っていた。

乗るまでは怖くなかったが、乗ってからは度々、肝が冷えた。市中の混雑する道路で、運転技術が巧みなのか、単にせっかちなのか、桃子はスピードを緩めないまま縫うように進んでいくのだ。それでも急ブレーキや急発進は一度もないから、やはり運転が上手《うま》いのだろう。咏子にはとてもできない芸当だ。

「吉澤さん、車の運転、上手なのね」

市街地を抜け、信号の数が減った辺りで話しかける。それまでは、口をつぐんでいた。桃子の運転のせいではなく、その表情がどことなく硬いと感じられたからだ。きっと、咏子自身もいつもより顔付きが強張《こわば》っているだろう。

翔琉のことを尋ねたかった。

吉澤さん、わたしの息子のこと知ってる？　と、できればやんわり尋ねたい。そのくせ、「知ってるわ」と答えられたら、狼狽《ろうばい》するだろう。

三上さん、わたしが逢いたかったのもそこなの。実はね、息子さん……。石を投げてきたのよ。悪質な書き込みをしてるの。わたしたちを憎んでいるみたい。そんな答えが返ってきたら、取り乱してしまう。ここでも覚悟が足りないのだ。

「車の運転、けっこう好きよ。できれば、フェラーリとかで高速をぶっ飛ばしてみたいぐらい。そのときは、三上さん、また助手席に座らせてあげるわね」

「いえ、けっこうです。というか、絶対に嫌。お断りです」

「つれないなあ。さっき、運転が上手いって褒めてくれたじゃない」

「上手いとは思うけどフェラーリは辞退させて。乗り心地、よくないでしょ」

「え、乗ったことあるの？」

「ないわ。一生、縁がないと思う。なくてもいいけどね」

あはっと桃子が笑った。とたん、車体が揺れた。その揺れの後、桃子は優先順位について語ったのだった。

「吉澤さん」

「はい」

「『モトユイ』を立ち上げたのは、難民の人たちを支援するため？」

桃子が左にハンドルを回す。車はさらに細い道に入った。車二台がぎりぎりすれ違えるほどの幅しかない。さすがにスピードが落ちた。道の両脇に畑や田んぼ、ビニールハウスが広がる。その中に、いかにも今風の明るい屋根色の家々がぽつぽつと建っていた。

「そうだね」

あっさりと返事をして、桃子はさらにスピードを緩めた。反対方向から自転車の中学生数人がやってきて、傍らを過ぎていった。

「わたし何にも知らなかったけど、難民なんてこの市にいるの」

「いるよ。昔からね」

「そうなの。あの……吉澤さんの家にいたイソバってルワンダの人も、もしかして？」

きゃあと桃子が少女のような声を上げた。

「やだっ、三上さん、イソバの名前を覚えてくれたんだ」

「あ？　うん。すごく印象的な話だったから覚えてた。かっこいい人だったんでしょ」

「無茶苦茶かっこよかったの。すらっと筋肉質の身体で、いかにも俊敏って感じで。けど、何より眼がすてきだったなあ」

「眼が？」

「うん。何というか思慮深いってのかしら、深くて、哀し気で、でも意志的だったの」

「なに、それ。フィクションでしか逢えない相手じゃない。リアルな存在だったの？」

「リアル、リアル。現実の男だったわよ。言っちゃえば、わたしの片想いの相手よ。

あのころは本気で処女を捧《ささ》げてもいいと思ってたわ」

「処女を捧げるって、もろ昭和生まれの表現ね」

「昭和生まれだもの。かなり後半だけど。1970年代末よ。三上さんは？」

「ごめん、80年代」

「くそっ、若けりゃいいってもんじゃないからね」

桃子が大げさに顔を歪《ゆが》めた。咏子は両肩を窄《すぼ》め、笑い声を漏らす。戯れに似た軽いやりとりが楽しい。胸の重さが減ったわけではないけれど、僅かなゆとりができた気がする。その気分のまま問うてみた。

「それで、イソバさんは今、どうしてるの。まだ日本にいるの」

三十年近くも前に青年だったとすれば、もう初老の年齢になっているはずだ。妻や子がいるのだろうか。桃子の片想いの相手は、どんな生き方をしてきたのだろう。

「……たぶん、亡くなってる」

青い穂のついた稲が揺れている。フロントガラスの隅に蝗《いなご》が止まってきた。

「亡くなった……の」

「うん。たぶん。事情はよくわからないんだ。父も母も、まだ健在で、というよりわたしより元気なぐらいで『モトユイ』の活動にも少し関わっているんだけど、イソバについては未《いま》だに何も言わない。えっとあれはね……中一の夏休みが終わって間もなくだったな。その日、学習到達診断テストってのがあってね、要は休み中にちゃんと勉強していたかどうか調べるぞってテストなんだけど、その出来がさんざんで、ちょっと落ち込んで帰ったのよ。ああいうときって、いつもの通学カバンまで重く感じられちゃうよね」

詠子は頷《うなず》きもしなかったし、かぶりも振らなかった。

桃子の横顔を見つめる。

「家に帰ったら、母親がいてさ。あ、わたしの母って、そのころは病院で管理栄養士として働いてたの。だから、平日は家にいない時間だったのね。その母がいて、顔を真っ赤にして震えてた。ものすごく怒ってるみたいな、感情を必死で抑制しているみたいな様子で、わたし怖くて竦《すく》んじゃったの覚えてる。テストの結果がそんなに悪かったのかなんて、一瞬だけど考えちゃったよ。結果なんてまだ出てるわけないのに」

桃子の指が強くハンドルを握り込んだが、ほんの数秒ですぐに緩んだ。

「で、わたしに向かって母が『イソバはもう帰ってこられないよ』って言ったの。すごく低い声だった。怒鳴られるより怖かったよ。一カ月ほど前から、イソバは家を出てたんだけど、それは日本で暮らす手続きのために、東京に出かけてると聞かされてた。だから、その手続きが済んだら、また帰ってくるとわたしは信じてたの。住居になっていたのは二間の離れなんだけど、あ、うち、昔からの果物農家で敷地だけはやたら広くて、母屋と離れが二つあったのね。イソバはその一つで暮らしていたの。離れの傍に桜の木があって、春になったら日本の桜が見られるなんて言ってたのよ」

「でも、帰ってこなかった？」

桃子が首を縦に振った。

「日本で暮らす手続きってのが、難民認定申請だったのね。でも、認められなかった。今でもそうなんだけど、日本って難民の受け入れにとても厳しい国なのよ。ちょっとやそっとじゃ、承諾してくれないの。イソバは故国に帰ると命の危険さえあって……。だからこそ、日本に逃げてきたんだけど、難民として認められなかったの。難民認定申請手続きが受理してもらえなかったのね。どうしてなのか、わたしには今でも謎よ。人の命がかかってるのに、条件がどうの資格がどうのなんて言えないでしょうにね。この世に」

車が右に曲がる。少し広めの道に出た。さっきの蝗はどこかに飛び去って、跡もない。

「人の命を守るより大切なことはないって、誰でも言うでしょ。命は他の何にも代え難いって。だったら、なぜ本気で守らないのかと思うよ」

「あの、じゃあイソバさんは日本にいられなくて、帰国せざるを得なかったの」

「強制送還だよ。命からがら脱出してきた母国に送り返されちゃったの。で、それっきり。今に至るまで音信不通。行方が知れないの」

「でもそれなら」

　でもそれなら、生きているかもしれないでしょ。その一言を呑《の》み込む。今、ルワンダがどういう状況なのか、イソバがどんな人柄なのか咏子は知らない。ついこの間まで、ルワンダの人々にも文化にも歴史にも、ほとんど関心がなかったのだ。それでも今の時代、どれほど遠く離れていようとも通信の手立てはあるはずと思う。三十年という長い年月の間に、一度も連絡がないのは変だ。まして、唐突に別れてしまった相手なら何らかの挨拶《あいさつ》や報《しら》せはしようとするだろう。生きていれば。

「おそらく、帰国してすぐに亡くなったんだと思う。処刑されたのか、虐殺されたのか、自死したのかわからないけれど……」

　答えようがなくて、黙り込むしかなかった。

「うちの両親はもともと留学生を受け入れるホストファミリーをやってたのね。イソバを引き受けたのが、その関係だったかどうか聞いたことないけど、イソバのことがあってから、難民支援の方に気持ちが傾いたみたい。でもさ、難民支援て一口で言っても、何をどうしたらいいのか父も母も見当がつかないところからのスタートだったんだよね。なにしろ三十年も前で、しかも、けっこう閉鎖的なところのある土地柄だものね。今でも、あのころのどたばたを夢に見ることあるよ。朝、起きてみたら母がキッチンのテーブルに突っ伏して眠ってて、周りに書類や資料が散乱してたり、父が農閑期なのに何日も家を空けて、ひどく疲れ切って帰ってきたり、変な電話が、今でいうクレームだよね、それが日に何本もかかってきたりしてたな。そうそう、ある日ね、わたしが留守番してたとき電話に出たの。そしたら、男の声でまくし立てられてさ、『迷惑だ』とか『わけのわからないこと、するな』とかぐらいしか聞き取れなかったの。で、わたし怒鳴っちゃったの。『うるさい』って。そしたら、その男、黙っちゃって」

くすっ。桃子が小さく笑った。

「で、どうしたと思う」

「え？　わからないわ。そのまま切っちゃったの」

「切るどころか『気の強い女だな。おれはそういうタイプ、好きでね。それで、今、おねえちゃんは、どんなパンティはいてんだ』だって」

「ま、それ、もろに変態じゃない」

「ほんとよ。家中に轟《とどろ》くような大声で『ヘンタイ。二度とかけてくんな』って叫んで、受話器を叩《たた》きつけてやったわ。それからは、留守電に切り替えることにしたの」

「すごいね。わたしだったら、何にも言い返せないで慌てて切っちゃうかも」

それで後で悔しくて、悔しくてたまらなくて唇を噛《か》みしめていただろう。何も言い返せなかった自分に腹を立て、こぶしを握り締めていただろう。

電話機の前にしゃがみ込んだ若い自分が見えるようだ。

「頭にきてたからね。わたし、腹が立つと叫んじゃうのよ」

くすくすくす。桃子がまた笑う。車は再び枝道に入り込んだ。

「何かわたしばっかり、一方的にしゃべってるね」

「ううん。大事な話を聞かせてもらってる」

心底からそう思った。思ったことを口にした。

桃子は自分の原点の一つを話してくれたのだ。その話を聞きながら、咏子はこの短いドライブの目的地がどこなのか、確信できた。

「ご両親は今も『モトユイ』の活動に加わっているのね」

「うーん、まあぼちぼちだね。二人とも年取ったからね。けど、わたし、親の意思を継いで『モトユイ』を立ち上げたわけじゃないの。いや、まあ、全然影響を受けなかったってわけでもないけどね」

「イソバさんの影響の方が大きかったってこと？」

桃子の黒眸《くろめ》が束の間、咏子に向けられた。

「鋭いわね。その通り。あ、でも、わたし〝燃焼しきれなかった片想いを引きずっている三十代〟じゃないからね」

「吉澤さん、四十代でしょ。変なところを誤魔化さないで。それに片想いなんて、燃焼しきれないから片想いなんじゃないの」

桃子の黒眸がまた、ちらりと動いた。

「やっぱり鋭いわね、三上さん」

「ありがとう。それで、吉澤さんの引きずっているものって、何?」

「聞きたい?」

「うん、聞きたい」

聞かなければいけない気がする。いや、聞きたいのだ。桃子の話は桃子個人の話、極めて私的な話でありながら自分にも繋《つな》がっている。どうしてそう感じるのか、どこでどう繋がっているのか説明できないけれど。

「イソバがうちにいたのって、そんなに長くなかったの。せいぜい、三ヵ月か四ヵ月。今、考えれば難民認定に向けての準備期間だったんだよね。それまでは一年以上、収容施設に入っていたみたいで、やっと仮放免許可がおりたってとこだったんじゃないかな」

「ご両親には詳しく尋ねようと思わなかったの」

「思わなかった。聞けば教えてくれたかもしれないけど、そういう気はなかったなあ。わたし、イソバには引け目みたいな気持ちがあってね、当時、すごくモヤモヤしてたの。その気持ちが邪魔して、イソバについてしゃべりたくなかったのかな。今にして思うと」

「モヤモヤって、片想いの気持ちのこと？」

うーんと意外なほど太い声音で、桃子が唸《うな》った。

「そこにも関わってるんだろうけど、わたし、ずっとイソバに冷たかったんだ。話しかけられてもろくに返事をしなかったり、つっけんどんな態度を取ったり、挨拶を返さなかったり。本当は恋してて、処女を捧げてもいいとまで想ってたのにねえ。そんな想いがあるから、きっと、わざと冷たい言動になったんだろうねえ。我ながら不器用というか、初々しいというか。子どもだったんだなあって思う。イソバに『モモコ』って呼ばれるとすごく嬉《うれ》しかったくせに、返事もせずにプイッと横を向いたりしてたんだからねえ。あーぁ、あのころのわたしを一発、ぶん殴ってやりたい。でも、あのころ、わたしは少なくとも二、三年はイソバが家にいると思い込んでたわけ。それまで受け入れてきた留学生がそうだったから。だから、そのうち、優しく素直に振る舞えるようになるって、自分に言い聞かせてたのよねえ。留学生と難民の違いなんか知らなかったし、知ろうともしなかったし」

「でも、イソバさんは急にいなくなってしまったのね」

「うん。ふっと、わたしの前から消えちゃった。生きていてくれたら再会の可能性もあるけど……。わたし、結局、心の内を何にも伝えられないままになっちゃったのね。それが引け目みたいな、宿題みたいな、何ともモヤモヤした気持ちになってるわけ。一生、解消しないモヤモヤだろうね」

そのモヤモヤが桃子の活動の大本にあるのだろうか。叶《かな》わなかった想いが原動力なのだろうか。

「伝えなくちゃいけないことは伝える。相手が大事なら、自分の言葉で伝える。それが、若くて苦い経験の教訓かな。だから、今日、三上さんを呼び出したの」

「え？」

「はい、着いたよ」

目の前に二階建ての家があった。漆喰《しっくい》の壁に黒瓦《くろがわら》の屋根。堂々といって差し支えのない造りは、さっき見た今風の住宅とはまるで異なっている。〝昔ながらの〟という修飾が相応《ふさわ》しい建物だった。

「わたしの伯母《おば》夫婦が住んでいた家なの。やっぱり農家でね、子どもがいないから、わたしにこの家と土地と預金を遺《のこ》してくれたの。伯母は大好きだったし預金はリアルに嬉しかったけど、土地と家は相続したくないなあって正直、思ったわけ。大都市のど真ん中ならいざ知らず、地方都市の外れじゃあどうしようもないなあって。でも、今は伯母に大感謝してる。ふふっ、我ながら現金だけどね」

大感謝の理由は、車を降りてすぐにわかった。

土塀が家の周りを囲っているが門扉はない。ただ、木の門には母屋と同じ黒瓦の屋根が載っていた。農家だと桃子は言ったが、昔はかなりの規模の農業を営んでいたのだろう。ミニバンはその門を潜り、母屋の前に止まったのだ。玄関は格子のはまったガラス戸だが、その横の壁にやや歪《いびつ》な丸形の表札が掛かっていた。直径が二、三十センチほどの木製の札には『モトユイ』の四文字が彫り込まれていたのだ。その下には、数枚の紙を張り付けた大判のボードが取り付けられていたが、綴《つづ》られた文字は紙ごとに違い、どれも咏子の読めない異国のものだった。

「ここが『モトユイ』の本部なのね」

「三上さん、事務所と言ってよ。そんな大掛かりな組織じゃないんだから。でも、ここは実家より大きな農家だったの。部屋数もかなりあるし、敷地も広い。しかも、伯母はわたしに遺すと決めた時点で、水回りのリフォームをしていてくれたのね。事務所として使うのにぴったりだったわ。伯母ちゃんに感謝！　毎日、仏壇に手を合わせてるわ」

「伯母さん、吉澤さんが難民支援に関わるとわかっていたのかしら。そうだとしたら、いい理解者だったのね」

「理解者」と呟いて、桃子は首を傾げた。

「どうかな。実の親より可愛がってくれたかもしれないけど、きちんと理解はしてなかったかも。わたしが結婚したとき、伯母が言ったのよ。『あんたが日本人と一緒になってくれてよかった。とんでもない国の人と結婚したらどうしようと悩んでたんだよ』って。あれ、忘れられないなあ。伯母のこと好きだったから、ほんとに大好きだったからね、そんな目で見てたのかとよけいにショックだったの」

とんでもない国とは、どういう意味なのだろう。見知らぬ国のことか、人種のことか、日本から隔たる距離なのか。

わたしなら、どうだろう。

考える。少し歪な丸い表札を見ながら考える。

もし、紗希が見知らぬ国の誰かと結婚したいと言ったら、翔琉が明らかに日本人とは違う風貌《ふうぼう》の相手を愛したら、どうだろうか。わたしなら……。

「さ、中に入ろう」

桃子が戸を横に引く。滑らかに動いた戸から涼やかな空気が漏れてくる。

入ると奥に細長く延びる土間があり、それに沿って板の間が広がる。かなりの広さだ。十畳は超えているだろう。板の間の向こうには襖戸《ふすまど》があり開いていた。その板の間にも襖の奥の畳部屋にも机が並び、旧式のファックス機やコピー機、固定電話などが設置されていた。ざっと五、六人の、スタッフと思《おぼ》しき人たちが動き回り、電話を受け、パソコンの操作をしている。ほとんどが女性だった。

　窓が目についた。

　南側に向けて大きな窓があり、レースのカーテンが掛かっている。その半分にはガラスではなく段ボールが貼り付けてあった。

　この窓ガラスが割れた、いや、割られたのだ。

「あ、桃子さん、お帰りなさい。今、市役所から電話がありましたよ。地域文援課の権藤《ごんどう》さん。連絡くださいとのことです」

　二十代前半だろうか、前髪だけ赤く染めた小柄な女性がよく響く声で告げる。桃子はひらりと手を振って応《こた》えた。それから、咏子を振り返り「上がって」と促した。

「これ、沓脱《くつぬ》ぎ石？」

「そうだよ。珍しいでしょ。今の住宅じゃなかなかお目にかかれないよね」

「ええ、わたし、本物を見るの初めてかもしれない」

　平たい大きな石の上で咏子はそっと靴を脱いだ。

　ストッキングをはいた足裏がひやりとする。クーラーはかかっているが、これも他の機器同様に見るからに旧《ふる》く、空気を心地よく冷やしてくれるとは思えない。おそらく、家自体が涼しいのだ。昔の大きな家屋は夏向きにできていて、冷房無しでも十分にすごせるのだと、何かの雑誌で読んだ。確か〝先人の知恵を探る〟みたいな見出しがついていたはずだ。

漆喰の壁、高い天井、無垢《むく》材の柱、障子や襖を開け放てばたちどころに現れる広い空間。この家には先人の知恵が息づいている。

「こんにちは」

若い、まだ少女と呼んで差し支えないような女性が笑顔で挨拶してくれた。小顔で、はっきりした顔立ちだからか、栗色に染めたショートボブがよく似合っている。

「あ、こんにちは。お邪魔します」

頭を下げる。とたん、電話が鳴ってショートボブの女性が素早く、受話器を取った。

「はい、モトユ……オウ、ハロー」

女性は受話器を耳に当て、流暢《りゅうちょう》な英語でしゃべった。その間にも他の電話が鳴り、ファックスが白い紙を吐き出している。

何だかとても忙しそうだ。

「三上さん、こっちよ」

桃子が手招きする。大小の箱が堆《うずたか》く積まれた畳敷きの部屋を抜ける。微かに香辛料が匂った。何という香辛料だっただろうか。セージ、クミン、バジル、ナツメグ、ジンジャー。咏子は知っている限りの香辛料を思い浮かべ、微香に重ねようとした。

わからない。

どれでもないような気もするし、全てが混ざり合っているようにも感じる。そういえば、桃子のミニバンもシナモンの香りがしていた。

足が止まった。

裏庭に面した一室だ。畳の上に色褪《いろあ》せたカーペットが敷いてあって、その上に色の違う、形も素材も微妙に異なっているソファーが三脚、一人掛けのイスが四脚、ばらばらに置かれていた。そこに十人ほどが、ある者はイスに深く腰掛け、ある者はソファーにもたれ、ある者は床に座り込んでいた。

咏子は戸口で立ち竦んでいた。一歩、踏み込んでいいのかどうか、判断がつかない。部屋の中の人々は、誰もが濃い褐色の肌をしていた。よく肥えている人も瘦《や》せている人もいた。うなだれている人も天井を仰いでいる人もいた。大人も子どももいた。大人たちは、みな一様に何かに堪えるような、不安を必死に抑えているような切羽詰まった眼差《まなざ》しをしている。そして、とても草臥《くたび》れているように見えた。

「こんにちは」

床に座っていた少女が挨拶をしてくれる。はっきりした日本語だった。癖毛を一つにまとめ鮮やかな黄色いリボンをつけた少女は紗希と同じぐらいの年齢だろうか。大きな眸《ひとみ》が美しい。その眸で見詰められると、自分を試されているような心持ちになった。ふっとクエの眼を思い出す。

詠子は膝《ひざ》をつき、目線を少女と同じ高さにした。

「こんにちは。初めまして」

ゆっくりと挨拶を返す。少女は瞬《まばた》きし、イスに腰かけている女性に顔を向けた。とても大柄な人だ。赤い花柄の袖《そで》なしワンピースを着て、共布のターバンを巻いている。その腕の中に幼児を一人、抱いていた。

「えっと、おとうと。おかあさん」

少女が幼児と女性を指差す。幼児はちらりと詠子を見た。やはり大きな美しい眸だ。視線を合わすと、吸い込まれそうな心地さえする。

「そう。あなたはお姉さんなのね」

少女は頷き、ほんの少しだが笑った。人懐こい性質なのだろう。幼児が何か言って身を捩《よじ》った。母親の腕から滑り落ちそうになる。とっさに手を差し出していた。幼児の身体を支える。とたん、泣かれた。幼児は口を歪め、首をふりながら母親にしがみつく。母親はあやすでもなく、詠子を見るでもなく、うつむいたまま身動《みじろ》ぎもしない。

あ、でも同じだと、思う。この泣き声は同じだ、と。

翔琉や紗希が幼いころ、この泣き声を何度も聞いた。二人が泣くことも、他の子どもたちが泣くこともあった。公園で、幼稚園の園庭で、リビングで、旅先で幾度も幾度も耳にした。同じ声、同じ音ではない。その場、そのとき、その子によって違う。

でも、底にある響きは一緒だ。泣き声一つで訴え、甘え、主張してくる。ここにいるのだと示してくる。弱いくせに強靱《きょうじん》で、うるさいのに快い。そんな響きなのだ。いつのまにか詠子の周りから消えてしまった響きでもある。まさか、ここで聞けるとは思ってもいなかった。

「ごめんなさい。驚かしてしまったかな」

拝む仕草で両手を合わせる。しゃくりあげる幼児の頬を涙が伝った。褐色の肌の上を滑り、顎《あご》の先から滴る。この涙、この泣き方も同じだ。子どもたちに国境はないのだろうか。

詠子は立ち上がり、少女に手を振った。

「ありがとう。さようなら」

少女が繰り返す。

ありがとう。さようなら。

「三上さん、こっちに来て」

桃子が障子越しに呼ぶ。後ろは幅広の廊下になっていた。ガラス戸の向こうにはサツキだろう、濃緑の葉を茂らせた植え込みが見えた。黒い翅《はね》の大きな蝶《ちょう》が二匹、花を探すかのように飛び回っている。庭の奥には蔵と思われる建物があって、その影がくっきりと黒く地に落ちていた。毎日が暑くて、日差しが痛くて、酷暑の季節が永遠に続くようにも感じているのに、いつの間にか日暮れがほんの少しだけ早くなっている。

桃子が障子の近くに座っていた青年に顔を向け、何かを言った。青年が少しだけ歯を見せて笑う。笑うと愛嬌《あいきょう》のある目元になる。もしかしたら、まだ十代かもしれない。

「廊下で悪いんだけど、今はここしかスペースがないの」

桃子が肩を窄める。真っ直ぐな廊下の端に脚の短い丸テーブルと座布団が置かれていた。座布団には目が覚めるような緋色《ひいろ》のカバーが掛かっている。

「これ、もしかして、卓袱台《ちゃぶだい》ってやつ？」

「そうそう。伯母が使ってたの。座布団カバーも伯母のお手製。若いころの着物をリメイクしたんだってさ。けっこう派手好きな人だったのね」

桃子の視線が廊下の反対側に向けられる。視線の先に、仏壇が鎮座していた。咏子には仏壇の良し悪しなど全くわからないが、黒塗りに金色の装飾が映える仏壇は確かに派手だとは思う。高坏《たかつき》にはマンゴーらしき大振りの果物が山盛りに供えられていた。

「もともとは仏間にあったんだけどね。伯母が生前、あそこに移したの。お坊さんを呼んで拝んでもらって、仏壇を動かすのって、すごく大変なんだよね。ソファーや机の位置を変えるのとはわけが違うって感じでね」

「なぜ、わざわざそんなことを？」

「うーん。伯母はこれで仏間を好きに使えるだろうって、わたしに言ったけどね。亡くなる三カ月ほど前だったかな」

「それって、吉澤さんがここを『モトユイ』にするって、わかっていたってこと?」

「さあ、それはどうかな。さっきも言ったけど伯母は外国の人とかあまり好きじゃなかったみたいだしね。でも、仏壇を動かした後に、言われたの。『あんたは突拍子もないことするかもしれないけど、間違ったことはしないだろうよ』って。だから、薄々とは感じていたのかなあ」

「それって、伯母さんなりのエールだよね。やっぱり吉澤さんのこと理解してくれてたんじゃないの」

口にして羨望《せんぼう》の想いが湧き上がってきた。

理解。漢字にすればたった二文字の言葉だけれど、空気や水と同様に人が生きていく上で必要不可欠なものではないか。特に子どもには。

相手を理解しようとする。理解して、尊重しようとする。そんな人が傍らにいてくれたら幸せだ。そして、子どもを幸せにする義務が大人にはあるはずだ。

わたしは……理解されたかった。

「でもね、うちの母に言わせるとね」

桃子がくすくすと笑う。桃子らしい屈託のない笑い声だ。

「それまでは仏壇、二階にあったのよ。でね、伯母さん、いちいち二階に上がるのが面倒くさくなったんだろうって。足の関節が痛くて階段を上り下りしたくないって言ってたんだって」

「あら、それが真実？」

「どうかな。面倒くさかったし、姪《めい》っ子のわたしのこと考えてくれたのかもしれないし、どっちもあったのかもしれない。ただね、ほら」

桃子が目配せする。仏壇の前に痩せた老人が座った。白い半袖シャツから褐色の腕が伸びている。老人は仏壇に向かい、ゆっくりと三度お辞儀をすると、手を合わせたまま暫《しばら》く動かなかった。

「ここに移したおかげで、ああやって拝んでくれる人たちがけっこういるの。わたしなんか全然だけど、祖先やら仏やら死者やらをものすごく敬う人たちっていっぱいいるんだよね。この家の持ち主だからとか、わたしの伯母だからとかじゃなくて、仏壇があるなら拝まなきゃいけない。それは息をするみたいに自然なことだって考える人がね。だからさ、いつも誰かが拝んだり、掃除したり、お線香をあげてくれたり、お供えをしてくれたりするわけ。伯母は人とおしゃべりするのも賑《にぎ》やかなのも大好きな人だったから、きっと満足してる。ふふっ、何がどうなるかわかんないもんだよね」

わからないものだ。人の世の運、不運も幸、不幸もちょっとしたことで様相を変える。桃子の伯母が何を想い、姪にこの家と土地を遺したのか、見知らぬ異国の人たちに手を合わされ祀《まつ》られる今を予想していたのか。何もわからない。ただ、磨き上げられ、彩り鮮やかな果物を供えられた仏壇は桃子の笑い声に似て、陽気で明るく感じられた。

「ね、座って」

桃子に促されて緋色の座布団に座る。

「おちゃです。どうぞ」

さっきの少女が紙コップの載ったお盆を運んできた。紙コップの中身は冷えた麦茶だ。

「ありがとう。嬉しいわ」

咏子は少女に笑いかける。少女も微笑んでくれた。桃子が片目をつぶり、指で丸を作る。

「ありがとう、リィエ。気が利くね」

「どういたしまして。でも、ほんとうはイタガキさんに、モモさんとおきゃくさまに、おちゃ、だしてあげてといわれた。それでもってきた」

淀《よど》みなく日本語の受け答えをすると少女はもう一度、笑みを見せてから去っていった。背中で黄色いリボンとリボンに束ねられた髪が揺れていた。

「彼女はね、五歳で日本に来て今年で四年になるの。『モトユイ』をつくる前からの知り合い。両親はまだ日本語が片言だけど、リィエはあの通り見事でしょう。小学校にも通ってるし、弟は一昨年《おととし》、日本で生まれたのよ。日本、この国で生まれたのよ」

「彼女も難民なの」

「そうよ。お父さんが、母国の政府に反対する活動を続けていて迫害を受けたの。国にいれば家族全員が殺されると判断して、出国してきたわけ。で、日本で難民認定申請をしたけれど二回、不認定。今、三回目の認定のためにがんばっているんだけど、お母さんがストレスから倒れてしまってね。むろん保険証もない、仕事も制約されてる。認定されなければ、強制送還されてしまう。誰だって、ものすごいストレスだよね。お母さん、心身共に動けなくなってしまったの当然と言えば当然だよ」

詠子は振り返り、室内に目をやった。

赤い花柄のワンピースの女性はうつむいたままだった。腕の中では幼児が眠っている。傍らにリィエが寄り添っていた。

「リィエはがんばってるよ。リィエのお父さんもお母さんもがんばってる。だから、何としても難民認定してもらわないとね」

桃子がこぶしで自分の胸を軽く叩いた。

子どもを幸せにする義務が大人にはある。どんな大人にもある。リィエの幸せ、紗希の幸せ、翔琉の幸せ、クエの子どもたちの幸せ。それぞれに手渡し、守る義務がある。

それなら、わたしは何をすればいいのだろう。

「三上さん、あのね」

桃子が空咳《からせき》を一つした。それから、ちらりと咏子に視線を向けた。

「今日、ここに来てもらったのは『モトユイ』がどんなところか、三上さんに見せたかったの。見てもらいたかったのよ。あ、違うよ、違うよ。活動に参加してくれとか寄付してくれとか、そんなお願いのためじゃないの。もちろん、寄付とかは受け付けてるし、助かるのは事実だけどね。そのためじゃないの」

わかっている。寄付や手助けを求めているのなら、桃子ははっきりそう言うだろう。遠回しに探りを入れてきたりはしない。

「うん。わかってる。吉澤さんなら募金箱とか振込用紙を直接、見せるよね。お願いしますって。そこは、すごくわかる。でも、それなら……」

今日、ここに連れて来てくれたのは何のため？　どういう理由がある？

「あのね、翔琉くんのことなんだけど」

目尻《めじり》が吊《つ》り上がった。こめかみに針を刺されたような痛み、ではなく衝撃を覚えた。ずうんと頭蓋《ずがい》に響く。現金なもので、頭の中が翔琉でいっぱいになる。他の子たちの姿が砕け、消えてしまう。

「翔琉のこと……知っているの？」

まさか、そうなのか。やはり、そうなのか。あの窓ガラスを割ったのは翔琉なのか。罵《ば》詈《り》雑言を投げつけたのは翔琉なのか。

吉澤さんはその事実をやんわりと伝えようとしている？　いいえ、ありえない。そんなことをあの子がするわけがない。するわけがないのだ。

「モモさん」。若い女性がスマホを手に走り寄ってきた。愛想よく挨拶してくれたショートボブの女性だ。座っている桃子と咏子を見下ろし、一言、「捕まりました」と言った。桃子が腰を上げる。頰から血の気が引いていた。

「捕まった？　誰が？　在留資格でなの？　誰よ、いったい」

早口でまくし立てる。しかし、女性はかぶりを振った。

「違います。犯人ですよ、犯人。例の爆発事件の犯人が捕まったんです。ネットニュースですけど、本当のことみたいです。今、板垣《いたがき》さんが確認してます」

「えっ、あの犯人が、捕まった？　ほんとに？」

「みたいです。えっと、Y市在住の四十代の男。動機は自分を試したかったから」

「自分を試す？　何それ。自分を試すのと爆発物を仕掛けるのが、どう繫がるの」

桃子の問いはそのまま、咏子の疑問でもあった。

意味がわからない。

女性も首を傾げる。

「まだ速報なので、詳しいことはわかりません。でも何だか、世の中に警告を与えられる力が自分にあるかどうか試したとか、そんなこと言ってるみたいですけど」

「はあ？　ますます、わけわかんないじゃない。何の警告よ。商業施設や図書館には、爆発物を用心しながら行くべきだって言ってんの」

「あたしに怒鳴らないでくださいよ。あたしは犯人じゃないんだから。もう、モモさんたら、興奮するとすぐ怒鳴るんだから」

「興奮はしてるけど怒鳴ってなんかないよ。ちょっと、声が大きくなっただけでしょ」

「それを怒鳴るって言うんです」

「ああそうですか。すみませんね。地声が大きいもんで」

「あ、今度はすねるつもりですか」

ぽんぽんとリズミカルなやりとりをした後、女性が息を吐き出した。ため息と同時に声音から軽みが消える。

「でも、これでうちへの嫌がらせ、無くなるでしょうか」

「減りはするでしょうね。攻撃するための口実が消えちゃったんだから」

減りはする。でも、完全に無くなりはしない。〝攻撃するための口実〟が新たに芽を出せば、また同じことが繰り返される。桃子はそう言っているのだろうか。

「でも、ひとまずは安心できるね。ミキちゃん、ニュース第二弾が入ったら教えて」

「了解です」

「それと、みんなにも犯人が捕まったから、安心していいよって伝えてあげて。みんな、怯《おび》えてたからね」

「わかりました。でも、モモさん……」

　ミキちゃんと呼ばれた女性がふっと目を伏せる。目元に陰ができて、急に老けて見えた。

「今度のことで、マジに驚いたんですけど……。日本人って、こんなにも不寛容だったんですねえ。排他的というか、あたしなんかも世間一般なんてのからは、かなりハズレなんで、何かどよーんとしちゃいます」

「いいのよ。世間一般なんて、あるかないかわかんないものから外れても。自分から外れてなけりゃそれで、いいの。それにさ、ぎゃあぎゃあ騒がしい攻撃って目立つんだよ。わたしの地声みたいなもんでさ。やたら目についたり耳についたりするの。比べるとさ、共感とかはおとなしいんだよね。喚《わめ》かないし、怒鳴らないし。でも、目立たないんだけどちゃんとあるんだから。ね、三上さん」

「え？　あ、ごめんなさい。吉澤さんの話、わたし、頭ではわかるんだけど、頭だけでしかわかっていない気がする」

不寛容、排他的、世間一般、共感……。どれも、知っている言葉だ。口にもする。ミキの言う通り、自分の周りが、思っていた以上の不寛容や排他的な気配に満ちていると感じもした。怖かった。腹立たしかった。その気配の渦に巻き込まれたくないと思った。そこまでは咏子自身の生々しい感覚だ。でも、共感がおとなしいとか、目立たないけどちゃんとあるとかになると、よくわからない。たぶん、桃子は、そしてミキも実感として受け止められるのだろう。

「えっと、でも、喚いたり怒鳴ったりしないで話をしたいとは思うし、吉澤さんたちの言うことをじっくり聞きたい。そんな気持ちはあるの」

ミキが瞬きする。束の間だが、真正面から咏子を見詰める。

「あの、モモさん、この人は……」

「あ、まだ、ちゃんと紹介してなかったね。こちら三上さん。わたしの友だちよ。三上さん、こちらはミキちゃんです。今年の初めから、『モトユイ』の専属スタッフになってくれてるの。すごいよ、独学で英語と韓国語をマスターしたの。今は確か、イタリア語にも挑戦中なんだよね」

「マスターしてませんたら。片言よりちょっとマシな程度です。あはっ、あたし中学からヒッキーだったもんで、好きなことをする時間はたっぷりあったんです」

「語学が好きだったんですか」

「映画が好きなんです。字幕なしで観たいなって思って……。あの、三上さんて、もしかしてカックンのお母さんなんですか」

「え？　カックン？　いえ、違うけど」

桃子がそこで噴き出した。右手を左右にばたばたと振る。

「違わない、違わない。そうそう、カックン、翔琉くんのお母さんだよ」

「あ、やっぱり。目元がよく似てる。しゃべり方とか雰囲気も似てるし。名字も一緒だし。そうかあ、カックンのお母さんかあ。うんうん」

「ミキさーん」

誰かが呼んでいる。日本語に慣れていない抑揚の発声だ。ミキは「はーい」と答えると、身体をくるりと回した。

「どういうこと？　カックンって翔琉のことなの」

桃子に尋ねる。知らぬ間に前のめりになっていた。麦茶の紙コップが倒れそうになり、慌てて摑《つか》んだ。「そうだよ」と桃子が答えた。

「ここでは、みんな、カックンって呼んでる」

「どういうこと？　ねえ、どういうことよ。どうして翔琉が『モトユイ』にいるの」

詰め寄るつもりはなかったが、身体が勝手に前に出てしまう。咏子は、麦茶を一気に飲み干した。食道を流れ落ちる冷たさに、少しだけ気持ちが落ち着いた。でも、頭の中は混乱したままだ。話の筋道が摑めない。どんな表情になっていたのか、桃子が励ますように頷き、やや声を潜めた。

「今日はね、翔琉くんの話がしたくて三上さんに来てもらったのよ」

「吉澤さん」

咏子は空になった紙コップを握った。そんなに力を入れたつもりはなかったのに、手の中でくしゃりと潰《つぶ》れてしまう。

「お願い、教えて。どういう経緯《いきさつ》で翔琉は『モトユイ』と関わっているの。いえ、その前に、翔琉はカックンと呼ばれてて、えっと、つまり、加害者じゃないのよね」

「は？　加害者って？」

桃子は暫く、おそらく二秒か三秒の間、口を閉じた。それから、片手で口を押さえ、目を見開く。漫画に出てくるような驚愕《きょうがく》の表情だ。

「えっ、やだ、三上さん、まさか翔琉くんのこと爆発事件の犯人じゃないかって考えてたの？　いや、まさかね。それはないわ」

「……そ、そんなこと考えたりしないわよ」

嘘だ。心を掠《かす》めた程度だが、ちらっと考えはした。十代半ばの息子はほとんど口を利かず、いつも苛立《いらだ》っている。異星人とまでは言わないが、何を思っているのか心の一端にさえ触れられない。触れさせようとしない。だから、あれこれ詮索《せんさく》してしまう。

「じゃあ、もしかして、うちのホームページに誹謗《ひぼう》中傷の書き込みをしたり、脅迫文もどきを送ってきたり、窓ガラスを割ったりした、そっちの方の犯人だと疑ってたの」

桃子は言葉を区切り、区切るたびに咏子を覗《のぞ》き込みながら問うてくる。

顔が上げられない。

「疑ったわけじゃなくて……だったらどうしようって……」

「それを疑ったって言うの。いやあ、そうか。翔琉くん母親から疑われてたのか。なんか、うーん……いや、ごめんなさい。三上さん、ほんとすみません」

桃子がテーブルに両手をついて、頭を下げる。同時にチーンとリンの音がした。さっきの老人がまだ仏壇を拝んでいたのだ。リンを鳴らし一礼すると、老人は静かに立ち去った。

絶妙のタイミングだ。笑うところではないが、笑ってしまう。おかしい。笑うと息が滑らかに通った。呼吸が楽になり、余裕が生まれる。

咏子は背筋を伸ばした。それに呼応するかのように桃子が上体を起こす。

「もう少し早く三上さんに、報せとくべきだったかもしれない。でも、翔琉くんは自分の意志で『モトユイ』に関わってくれてるわけだから、そこは尊重したくてね。幾ら知り合いだからと言って、翔琉くんが承知しないのに三上さんに報せるのを躊躇《ちゅうちょ》しちゃってた」

桃子の躊躇は当然だと納得できる。咏子をここに連れてきたのは、その躊躇を覆すほどの何かがあったからなのだろうか。

「翔琉は自分で『モトユイ』に来たの？」

「そう。初めて来たのは、えっと……去年の夏かな。夏休み中だった気がする」

去年の夏。翔琉はまだ、中学生だったではないか。

「一人で？　誰かと一緒に？」

「一人だったよ。すごく緊張してた。うちのホームページをたまたま見て、興味を引かれたんだって。将来は国際的な支援団体で働きたくて、ネットであれこれ検索していたら『モトユイ』がヒットして、すぐ近くにこんな団体があるのかと驚いた。そう言ってたよ」

「え、将来って……。そんな話、聞いたことないわ」

将来の夢、進路、目標。そんな諸々《もろもろ》を翔琉が語ったことはない。

「ねえ、どんな職業に就きたいとか考えたことあるの」

高校の入学式からの帰り道、何気なく尋ねたけれど、答えは「別に」だった。あまりの素っ気なさに会話も続かず、そのまま無言で家まで歩いた。一言もしゃべろうとしない息子の頑《かたく》なさに疲れて、家に帰るなりソファーに座り込んだものだ。

「将来どころか、翔琉とは、このところろくな会話をしてない気がする」

桃子が苦笑いを浮かべる。

「まあね、そんなもんよ。『腹減った』とか『小遣い、くれ』とかならまだしも、将来の夢を親と語らう子どもなんて、そうそういないよね。他人には話しても親にはぎりぎりまで黙っとくってケースが多いんじゃない」

「淳平《じゅんぺい》くんもそう？」

桃子の息子、淳平は紗希のクラスメートだ。小柄で目のくりくりとした少年だった。参観日などでたまに顔を合わせると、「おばちゃん、こんにちは」と愛想よく挨拶してくれる。

「淳平はまだ小学生だからね。山はこれからよ。今、山の天辺《てっぺん》にいるのが娘の清香《きよか》。翔琉くんより一つ上なんだけどさ、将来のこと尋ねたらさ『別にないけど、お母さんみたいにはなりたくない』だってさ。『いつもドタバタしていて、忙しい、忙しいばっかで嫌だもの。そんな大人には絶対ならないから』とまで言われて、さすがにヘコんだわ」

桃子の私生活がちらりと覗いた。明るくて真っ直ぐで、迷いなく自分の道を進んでいる。桃子に対して何となく抱いていた印象が翳《かげ》る。

そりゃあそうだ。迷いなく進んでいる人なんか、そうそういない。進むのがいいとも限らない。迷って、悩んで、しゃがみ込んで、ときに他者とぶつかって、傷ついて傷つけて、さらに迷って……。大半の人がそうやって生きているのだろう。多分。

「あ、うちのことはこっちに置いといて、翔琉くんね、それから時々、ここに顔を見せるようになったの。たいてい、自転車で来てたかな。かなりの距離だよね。自転車だと三十分はかかるんじゃない」

「そうね……」

図書館に行く。友だちと遊ぶ。気分転換に映画を観てくる。ちょっと買いたい物があるから。いろいろな理由で、翔琉は自転車に乗って家を出たけれど、あのうちの幾つかは『モトユイ』を訪れるための偽りだったのか。

「去年は月に一、二度、顔を見せるぐらいだったんだけど、受験が終わってから週に一度は来て、いろいろ手伝ってくれるようになって。ほら、翔琉くんてパソコンに詳しいじゃない。ホームページを作り替えてくれたり、言語変換のシステムを整備してくれたり、すごく助かっててね。うん、ほんと助けてもらってるの。人と話すのは得意じゃないって言いながら、日本語のレッスンもしてくれたよ。リィエもすごく懐いてる。リィエのお母さんも、翔琉くんとだけは身振り手振りも交えて、話をするの」

桃子の語る翔琉は、どれも見知らぬ姿をしている。母親の知らない息子が桃子の言葉の向こうから、立ち現れてくる。

「吉澤さん、あの、翔琉、昨日もここに来たよね」

「ええ。緊急の集まりがあって、それに参加してくれた。誹謗中傷の書き込みがエスカレートしていくもんだから、その対策を話し合ったの。このままだと、難民の人たちが安心して外に出られなくなるもの。翔琉くんは、ネット上のデマの消去なんかをずっとやってくれた。で、そのときね」

桃子が一瞬、言葉を途切れさせた。

「リィエが泣きながら駆け込んできたの。門の近くで、男の人に怒鳴りつけられたって。『国に帰れ』とか『おまえたちがウイルスを撒《ま》き散らしてるんだ』とか言われたらしいわ。殴られそうにもなって、必死で逃げてきたって」

「ま……」

同じだ。クエと同じだ。突然の理不尽な暴力にさらされる。危害を加えられる。にほんじん、しました。ミカミさん、こわいです。ずっとこわかった。でも、いまがいちばん、こわいです。

クエの訴える声が、細く震えていた声がよみがえってくる。クエだけじゃなかった。技能実習生だけじゃなかった。こんなにもあちこちに暴力は散らばっている。しかも、リィエはまだ子どもだ。クエよりもっと微力ではないか。抗《あらが》う手立てをほとんど持たない。必死で走り、安全な場所に逃げ込むのが精一杯だった。

「子どもを脅すなんて、あんまりだわ。卑劣過ぎる」

我知らずこぶしを握っていた。抵抗できない者への一方的な暴力ほど卑劣なものはない。恥じる心を僅かでも持っているなら、決してできない行為だ。

恥を知れ。あなたはそれでも人間のつもりか。

「驚いた。同じこと言うのね。やっぱり親子だわ」

桃子が左右に頭を振った。

「翔琉くんもそう言って、飛び出していったの。止める間もなかった。わたし、慌てたわ。翔琉くんとその男が喧嘩《けんか》になったらどうしようって。相手がどんな人間なのかわからないし、拳銃《けんじゅう》はありえなくてもナイフぐらいなら持ってる可能性、あるものね。幸い、その男、もういなくなっていて、揉《も》め事にはならなかったの。暴力に暴力を返したら無限ループだよって一応、注意はしたんだけど翔琉くん、考え込んじゃってた。『モモさんの言うことよくわかるし、暴力で解決できることとなんかないってのもわかる。でも、やっぱり、卑劣だ。どう許したらいいのかわからないぐらい卑劣だ』ってぼそっぼそっと呟いてたね。あの正義感、さすがに三上さんの息子だなって思ったよ。本物の正義感だよね」

どう許したらいいのかわからないぐらい卑劣だ。

翔琉が呟いたという一言が生々しく迫ってくる。

「それでね、今度、同じようなことがあったら……実際、窓ガラスが割られたりしたんだけど、絶対に暴力で暴力に応じないって、他のスタッフも交えて話をしたの。翔琉くん、聡明《そうめい》な子だからわかってくれたと思う。ただ、ネット上の書き込みなんかは相手を割り出して訴えることもできる。訴えないまでも、抑制にはなるって話にもなってね。スタッフはみんなぎりぎりで動いてて、ゆとりがないから、翔琉くんがやってみるって。かなり時間がかかるかもしれないけど、やるって言ってくれたのよ」

「あ、でも、ほら、爆発騒ぎの犯人、捕まったんでしょ。それならさすがに露骨な攻撃はなくなるんじゃない？　攻撃する理由がないんだから」

桃子の視線がふっと空を漂う。ほんの二秒か、三秒でまた咏子に戻ってきた。

「さっきも言ったけど、下火にはなるでしょうね。でも、なくなりはしないと思う。理由なんて幾らでも作れるもの。今回みたいに何か騒ぎがあったら、それが簡単に攻撃の口実になるの。爆発だ爆弾だなんて大層なものじゃなくてもね」

桃子の視線を受け止め、咏子は唇を嚙みしめた。桃子の口調には現実を知る者の重みがあった。重くてたまらない。受け取りかねて俯《うつむ》いてしまう。それで、つい中身のない希望を口にしてしまう。現実がそんなに甘くないとは、わかっていたはずなのに。

犯人は捕まった。でも、リィエやクエが怯えなくてすむ日常が戻ってきたわけではないのだ。いや、そもそも、そんな日常があったのだろうか。

桃子が軽く咳払いした。

「えっと、だからね、翔琉くん、これから『モトユイ』で過ごす時間が多くなるはず。わたしね、ちゃんと親に、少なくともお母さんにだけは『モトユイ』に出入りしてること、打ち明けてと言ったの。三上さんが反対するとは思えなかったから」

「でも、翔琉は嫌がったのね」

「ううん。母親が反対とか駄目だとか言うとは思っていないし、いつか話さなきゃとは考えてたって。でも、もしかしたら泣かれるかもしれないって」

「泣く、わたしが？」

「ずっと嘘ついてきたから、それがばれたら泣くかもしれないって」

「まあ」

「『嘘をつく前に、どうしてお母さんを信じて打ち明けてくれなかったの。そんなに信じられなかったの』って、よよと泣き伏し、身も世も有らぬほど悲しんで」

「ちょっと吉澤さん。ふざけないでよ。何でわたしが泣き伏さなきゃならないのよ」

　桃子が肩を竦め、ぺろりと舌を出した。

「だよね。『あんたのお母さん、そんなに弱くないはずだよ』と助言しといたわ。まあ、息子としては万が一にも母親に泣かれたりしたら、お手上げなんだよね。自分のせいで泣いてる姿なんて見たくないんだよ。だったら、初めからちゃんと話しとけばよかったけど、やっぱり何となく抵抗があったんだって。真面目な話を親としたくなかったって」

「まあ、ほんとに何を言ってるのやら。思春期の男子なんて理解不能だわ」

「思春期の女子もよ」

桃子と顔を見合わせる。どちらからともなく、笑いが漏れる。

笑いが収まったとき、桃子はきゅっと口元を引き締めた。実際に〝きゅっ〟と音が聞こえそうなほど、強く引き締めたのだ。

「それでね、三上さん。もう一つ、どうしても話したいことがあるの。ここからは、わたしの勝手な想像になるんだけど……。えっとね、ちょっと、言い難《にく》い想像でもあるの」

「はい」

桃子の口元を凝視したまま、頷く。

「翔琉くんね、うちに来たのは何か目的があったんじゃないかなって、わたし思ってるの。思ってるより感じてるって方が正しいかな」

「目的って、それは将来のためにってことじゃなくて？」

「あ、うんうん。そうなの。翔琉くんが、国際的な支援団体で活動したいって考えてるのも、そのために『モトユイ』に来たのも嘘じゃない。翔琉くんが本気で、真剣に活動に加わってくれているのは一ミリも疑ってないわ。けど、それとは別に何かあるような気がしてね」

「別の何かって……」

唾を呑み込む。動悸がする。息が苦しいほどじゃないけれど、口を閉じていられない。咏子は僅かに唇を開いた。

「わかんない。ごめんね、曖昧《あいまい》なこと言って。ただ、どう言ったらいいのかな……。翔琉くん見てたら、時々、心配になるんだよ。パソコンの前で考え込んでるときもあるし、すごい熱心に調べてる、たぶん、うちへのヘイトスピーチを検索してるんだろうけど、ほんと熱心に、怖いくらい真剣な顔付きで調べてるときも……。ああいう差別的な暴力的な言葉って、ずっとさらされてると、こっちまで汚染される気がするじゃない。気持ちがずたずたにされちゃったりしてね。だからわたし、『もう、やめなさい』って止めたの。『犯人捜しは、もういいから。わたしたちは、あんな奴らに負けるほど弱くないから』って、強制的に止めさせようとしたの。もっと早く止めさせるべきだった。高校生に任したりしちゃいけなかったって猛反省してね。それは弁護士さんを通じて、プロに頼むことにする。『モトユイ』の仕事なら、他にもいっぱいあるからって、告げたのよ。そしたら、翔琉くんね、やらせてくれって言うの。続けさせてくれって」

桃子はそこで眉《まゆ》を寄せて、額に滲《にじ》んだ汗を拭《ふ》いた。

「『おれ、やらなきゃいけないんです。確かめなきゃいけないんです』って、わたしを見詰めたの。若い男に見詰められるなんて、めったにないことだから嬉しくはあったけど、嬉しさよりも訝《いぶか》しむみたいな気持ちの方が勝ってた。この子は何を必死に確かめようとしているんだろうか。確かめなきゃいけないことって、何だろうかって。でも、考えてもわかるわけなくて、それで、わたし、三上さんと話をしようって決めたの。翔琉くんは、うちの大切なスタッフの一人で、うちの活動をしっかり支えてくれてる。無くてはならない人なんだ。そこのところは揺るがないよ。だからこそ、一人で抱え込まないで欲しくてね。いろいろ悩んだんだけど、三上さんに告げるべきだって、わたしが判断したの」

チーン。また、リンの音がした。今度は、五、六歳に見える子どもが仏壇に手を合わせている。

「吉澤さん、わかった。家に帰って、翔琉とちゃんと話をしてみるね」

諦《あきら》めたり、誤魔化したりしない。

ちゃんと、向き合ってみる。

桃子が深く、ゆっくりと頷いた。

桃子は家の前まで送ると申し出てくれたけれど、辞退した。

相手の多忙さを慮《おもんぱか》ったから……と言えれば恰好《かっこう》いいのだが、本心は一人の時間が欲しくて、一人で考えるひと時が必要な気がして断っただけだ。

「遠慮しているんじゃないの。頭と気持ちを整理したいんだ」

正直に告げると、桃子は小さく笑んだだけでそれ以上、何も言わなかった。

駅のロータリーまで送ってもらう。そこからバスに乗り、いつものバス停で降車した後は、ゆっくりと坂道を上っていく。自分と家族の住む家に向かって歩く。

ふと、足を止め、振り返ってみた。

変わらぬ街の風景が広がる。

夕暮れの街の風景だ。

あの日、立ち上っていた一筋の煙はどこにもない。当たり前のことだ。

変わらぬ街の風景、でも、何かが確かに変容した。あの日から今日まで、ほんの僅かな日々でしかないのに、変わってしまった。それがどこなのか、どんな風に姿を変えたのか言葉にできない。もどかしくはある。けれど、重苦しくはなかった。気持ちは軽い。

吉澤さん、ありがとう。

さっき、車を降りる直前、伝えたのと同じ謝辞を呟く。

「吉澤さん、ありがとう」

そう伝えたとたん、桃子は顎を引き、眉を寄せた。

「それ、何のお礼？　車で送り迎えした分？　『モトユイ』でお茶した分？」

「全部ひっくるめて。翔琉のことも教えてくれたし。あの子のこと、まだわからないとこいっぱいあるけど、ともかく向き合おうって気持ちになれた。『モトユイ』に行く前までは、あれこれ考えて、考え過ぎて、心が萎縮《いしゅく》してたみたい」

「そっかあ、三上さん、あれこれ考えるタイプだもんね」

「そうなの。考え過ぎるの。わかってるんだけど、性格ってなかなか直らないよね」

「直す？　何で？　何にも考えないより、あれこれ考えられる方がよっぽどいいじゃない。美点だよ、三上さん」

「ぐだぐだ考えるのが、美点？　そうかな。面倒くさくて厄介な性質だなって、自分にうんざりしちゃうけど」

桃子がふっと笑った。眉間《みけん》の皺《しわ》が伸びて、目尻が下がって、優しい顔付きになる。

「考えられる人の厄介はいいよ。触角がたくさんある生き物みたいなもんだから」

「え？」

「考えるって頭とか感情が動いてるってことじゃない。こんな風に、ね」

桃子は両手の指をひらひらと動かした。

「それ、何？」

「触角のつもりなんだけど……。あれこれ、諸々、考えれば考えるほどこれは伸びるのよ」

「考えなかったら、どうなるの」

「そりゃあ、退化するんじゃない。使わないんだから。干からびちゃうのかなあ」

「干からびるのは嫌だなあ」

「嫌だよ。お肌は仕方ないとして、頭や心の中は何とか瑞々《みずみず》しさを保ちたいよね」

じゃあねと笑い、桃子は車を発進させた。

遠ざかっていくミニバンの向こうには、大型商業施設『スカイブルー』がそびえていた。あの騒ぎが幻だったかのように、何事もなかったかのように建っていた。

眼下に広がる街の風景に視線を巡らせ、咏子は深呼吸を一つしてみた。それから、向き直り再び坂を上る。

微かにカレーの匂いが漂ってきた。夕食の準備が始まる時刻なのだ。

うちも今日はカレーにしよう。

歩きながら献立を組み立てる。

夏野菜とエビのカレーは翔琉も紗希も大好物だ。丈史もよく食べる。それに冷凍しておいたキャベツのスープと卵サラダを添えて……。

いつもは少し面倒でもある夕食の組み立てが、すらすらとできていく。我ながら現金なものだとおかしくなった。桃子のおかげで、翔琉に抱いていた憂いがずい分と小さくなった。むろん、桃子が教えてくれたのは翔琉の一端に過ぎない。『モトユイ』との関わりが翔琉の全てではないのだ。ぶっきらぼうな物言い、冷えた眼差し、不機嫌な態度、苛立ちを滲ませた表情。そんなものの裏にある息子の想いに手が届いたわけではないのだ。おそらく、一生、届かぬのだろう。それに、桃子が心配していた翔琉の様子も気になる。

それでも、気持ちは晴れやかだった。桃子と逢う前、『モトユイ』を訪れる前に比べれば、ずっと軽くなっている。

翔琉は、間違った場所には立っていない。

他人を攻撃して溜飲《りゅういん》を下げたり、姿を隠して誹謗中傷するような下劣な真似はしていない。むしろ、それらへの憤りを失っていない。

心配はまだまだあるけれど、大きな安堵《あんど》を貰《もら》ったのは事実だ。

翔琉、あなたに尋ねたいことがあるの。あなた、何のために『モトユイ』の活動に参加したの？　参加したいと思ったの？　将来の夢のためだけなの？　それとも、別の想いがあるの？

帰ったら、顔を合わせたら、そう問うてみよう。

いつもの詰問ではない。答えたくないなら無理には聞かない。話せる日が来るまで、待つ。

そういう、向き合い方ができると思う。

坂を上り、家に着く。玄関を開けると、紗希がリビングから顔を出した。

「ママ、お帰り」

「ただいま。遅くなっちゃって、ごめんね」

「ううん。大丈夫。鍵《かぎ》、持ってるんだもん。もっと遅くても全然、大丈夫だから」

「あら、頼もしいね」

娘との何気ない会話にも、笑みが零《こぼ》れる。しかし、紗希は笑い返さなかった。母親を上目遣いに見やり、口元をもぞりと動かした。

「あの、お兄ちゃん、帰ってるよ」

「え？　ああ、そうみたいね」

狭い玄関の隅に、翔琉のスニーカーが脱ぎ捨ててあった。

「翔琉は部屋？」

「うん。帰ってすぐ二階に上がってった。何か調べものするから、上がって来るなって言われた。あたしの部屋も二階なのにさ」

紗希が唇を尖《とが》らせる。

翔琉はお下がりのパソコンを使って、『モトユイ』への攻撃者を調べているのだろうか。その行動自体は間違っていない。怒るのも当然だ。けれど、あれほど歪んだ言葉に塗《まみ》れてしまうと、怒りが憎しみに変わりはしないだろうか。桃子もそれを危惧《きぐ》していた。

そこは伝えよう。憤怒《ふんぬ》を憎悪に転換してはいけない。怒りは力になるけれど、憎しみは凶器にしかならない、と。

ほとんど崩壊したに等しい家庭で育った。我が子にまともに向き合えない親を怨《うら》みも憎みもした。その感情に振り回されて疲れ切り、心身が悲鳴を上げた。そうなって、やっと気が付いたのだ。

憎んでも、怨んでも傷つくのは自分だと。

胸の内からきれいに洗い流せたわけではないが、昔ほどがんじがらめになっているわけでもない。少しずつ、負の感情から自由になっている。いつか、完全に自由になってみせる。両親のことは、翔琉にも紗希にもほとんど語っていない。ただ、翔琉、憎んでは駄目よ。憎しみに支配されては駄目。

そのことだけは伝えたい。

いいや、伝えるべきなのだ。自分自身の過去も含め、嘘無く伝えるべきなのだ。それをずっと怠ってきた。

階段の下から、二階を見上げてみる。人の動く気配はしない。

二階には翔琉と紗希の部屋の他に、丈史の書斎も造られていた。三畳ほどの狭い空間だが、壁に嵌《は》め込んだ書棚とパソコンと机、西に開いた大きな窓がある。自分のための部屋だなんて、正直、羨《うらや》ましい。一度、冗談めかして「わたしも、プライベートな部屋が欲しいな」と丈史に言ったら、「え？　何のために？　家に持ち帰るような仕事してないだろ」と真顔で返された。その場は「まあ、そうだけどね」と、曖昧に誤魔化した。丈史をではなく自分を、だ。

わたしには部屋なんて必要ない。必要ないものを欲しがるなんて、贅沢《ぜいたく》だ。そんな風に誤魔化した。もう何年も昔の話だ。とっくに忘れていたのに、どうしてだか思い出してしまった。今日は感情がやけに奔放なのだ。好き勝手に跳ね回っている気がする。ちょっと戸惑いはするが、愉快にも感じる。

北向きの納戸を片付けて、そこにミシンを置こうか。

ねえ、三上さん、わたしと組んでみない。

笹川峰子の一言が、これも唐突に思い出された。

納戸を仕事場にする。自分のための空間を自分で作る。いいかもしれない。

クエさんは?

三度《みたび》、想いが跳ねる。

クエはどうだろう。一緒に働けないだろうか。

笹川さんともっと話をしてみよう。そして、考えてみよう。わたしにも、わたしの未来はあるのだ。それを、本気で考えてみよう。

「ママ?」

紗希が首を傾げ、母親を覗き込んでくる。

「どうかした? 何でぼんやりしてんの」

「え? あ、ごめんごめん。今日の夕食はね、夏野菜のカレーにするね」

「うわっ、ほんとに? 嬉しい。エビ、たくさん入れてね」

「もちろん。殻剥《む》くの手伝ってくれる」

「うん。手伝う。お兄ちゃんもパパも喜ぶよ」

「喜ぶでしょうね。でも、次はお兄ちゃんとパパにも作ってもらおうか」

「えー、夏野菜のカレーなんて作れるのかな。でも、何でも練習だよね。甘やかしてたら何にもできなくなるから、鍛えた方がいいよ」

紗希が澄まし顔で言う。おかしくて、笑い声をあげてしまった。くっきりとした輪郭のある声だ。曖昧に誤魔化すための笑いではない。

自分の笑声《しょうせい》が心地よい。

エプロンを着け、野菜をざっと水洗いする。

「ママ、夏野菜って夏に採れる野菜ってことだよね」

「そうよ。夏が旬の野菜。この茄子《なす》とかピーマンとか胡瓜《きゅうり》とかね」

「胡瓜もカレーに入れてみようか？」

「それは、ちょっと勇気がいるね。どんな味になるんだろう。うーん、紗希、今回は冒険は止めてサラダに使おうよ」

「普通だね。じゃ、アスパラは？」

「それはカレーにもサラダにも使えるんじゃない」

紗希との何気ないやりとりを続けながら、手早く具材の下拵《したごしら》えを済ます。紗希が小さな吐息を漏らした。

「ママってすごいね」

「え？　何が？」

「ご飯の用意がぱっぱってできちゃう。あたし、まだ、エビの殻が剝けてないよ」

「ご飯の用意ができるの、すごい？」

「うん。すごい」

紗希が真顔で頷く。

そうか、すごいのか。こんな身近に、ちゃんと見ていてくれる者がいた。ちゃんと認めてくれる者がいた。

「紗希、ありがとう」

「え？」

なぜ礼を言われたのか見当がつかなかったのだろう。エビを持ったまま、紗希が瞬きをする。それから、はにかんだ笑みを浮かべた。

丈史が帰宅したのは、ちょうど夕食の準備ができあがった時分だった。このところ、帰宅時間が遅くなっている。いつにも増して、草臥れて見えた。

「ねえ、大丈夫？」

洗面台で手を洗っている丈史に声をかける。

「大丈夫って？」

「いえ、何だか疲れているのかなって……。お仕事、やはり大変なの？」

丈史は振り向き、肩を竦めた。

「今のご時世、大変じゃない仕事なんてないって言っただろう。あ、でも、仕事そのものはいたって順調だな。ありがたいと言えばありがたい、かな」

「ほんとに？　疲れてないの。顔色があんまりよくない気がして」

「うるさい」

怒声とともに丸めたタオルが飛んできた。咏子の顔に当たり、床に落ちる。タオルだから痛くはないけれど、驚いた。

「変に気を回して、つまらない心配するな。そんなに、おれのことが信用できないのか」

「え？　何を言ってるの。わたしはただ、あなたの身体のことが気になって……」

「それが、つまらない心配だと言ってるんだ。何も知らないくせに、余計な口出しするな」

唾を吞み込む。

無茶苦茶だと感じた。

この人は無茶苦茶なことを言っている。筋が通らない、理不尽な言い掛かりを口にしている、と。平静を装いたくて、咏子は腰を落とし、タオルを拾い上げた。

「あ、すまない」

咏子が口を開くより先に、丈史が謝る。

「悪かった。つい、苛々しちゃって」

「苛々するようなことがあったんだ」

タオルをエプロンのポケットに押し込み、わざと軽い調子で言ってみる。

「まあな。いろいろあるさ。どんな職場でもな」

ガタッ。二階で音がした。丈史が天井を見上げる。

「あ、翔琉が部屋にいるのよ。学校から帰って、ずっと閉じこもってるの」

「この上はおれの部屋だろう。翔琉はおれの部屋にいるのか」

「そんなことないでしょ。無断で、あなたの部屋に入ったりしないわよ」

丈史の眉が強く寄った。眉間に皺が刻まれる。

咏子を押しのけるように洗面所を出ると、丈史は二階に上がっていった。

「ママ、サラダ、できたよ。見て見て」

キッチンから紗希が呼ぶ。階段の下で数秒、二階を窺《うかが》ってみたが物音も話し声も聞こえなかった。

キッチンに戻ると、ガラスの皿にサラダが盛り付けられていた。レタスとベビーリーフ、胡瓜、アスパラそしてブロッコリーの緑の中にミニトマトの赤とモッツァレラチーズの白が鮮やかだ。

「あら、きれい。いい感じだわ、紗希」

紗希がにっと笑った。しかし、その笑顔がすぐに固まる。

さっきの数倍の大きさで、二階から音が響いた。何かが砕け散る音が続く。紗希の足に纏《まと》わりついていたチロが、身を震わせた。

「ママ、今の何？」

紗希が表情を強張らせた。咏子はキッチンを飛び出し、二階に駆け上がる。丈史の部屋のドアが開いて、明かりと激しい音が零れ出ていた。

「何をやってるのっ」

叫びが喉《のど》を震わせる。ほとんど悲鳴だった。

「翔琉、止めなさい。止めて」

薄茶色のカーペットの上で翔琉が丈史に馬乗りになっている。両手は胸ぐらを摑んでいた。丈史は翔琉の腕を摑み返し、引き剝《は》がそうともがいていた。

すぐ近くに粉々になった陶製の花瓶が転がっている。

あの欠片《かけら》、危ない。

「何でだよう。何で、こんなことやるんだ。馬鹿野郎」

翔琉が吼《ほ》える。さらに、丈史を押さえ付けようとする。首が締まるのか、丈史はくぐもった呻《うめ》きを漏らした。電灯の下で、白い欠片が鈍く輝く。

「止めて、止めなさいったら」

咏子は二人の間に割って入った。翔琉を引き剝がそうとする。翔琉の腕が緩んだ直後、丈史が大きく身体を振った。翔琉のバランスが崩れて、咏子にぶつかってくる。驚くほど熱い。うっすらと汗の臭いを嗅《か》いだ。

「きゃあっ」

後ろに倒れ込み、手をつく。とたん、鋭い痛みが走った。

え？　何？　どうしたの？　痛い。

痛い。

目の前に広げた手のひらに、花瓶の欠片が突き刺さっている。

とっさに引き抜いた。一瞬の間の後、傷口に血が滲む。血はすぐに一筋の流れになり、手首を伝って滴った。カーペットの上に小さな染みができる。

「ママッ」

紗希が引きつった声で呼んだ。顔も引きつっている。咏子はエプロンのポケットからタオルを取り出すと、上から強く押さえた。

「傷口、水で洗わなきゃ。紗希、水と救急箱、持ってきてくれ」

翔琉の指示に紗希が身をひるがえし、階段を下りていく。

「どういうこと。あなたたち、何をやってたの」

タオルを結び直してくれる翔琉を問い質《ただ》す。問われた方はまともに目を合わせようとしなかった。起き上がった丈史が肩で大きく息をした。

「何にもしてやしないさ。ちょっとした誤解だ。気にすることはない」

「誤解？」

「そうさ。翔琉が誤解して、騒いでるだけだ。気にするな」

気にすることはない。気にするな。丈史は同じ言葉を続けた。やはり、咏子と視線を合わせない。横を向き、額の汗を拭《ぬぐ》っている。拭う振りをして、咏子から目を逸《そ》らしているのだろうか。

「翔琉、誤解って……」

翔琉が顔を上げる。眼差しが絡んだ。

激しく滾《たぎ》っているかと思えたそれは、凪《な》いで暗かった。宿っているのは、怒りではなく……怒りではなく、何だろうか。

哀しみ？

「……誤解なんかしてない」

翔琉が唇を噛む。顎が震えていた。

「何で……何で、こんなこと……こんなこと……」

言葉も指先も震える。ぐぐっとくぐもった音が喉の奥から聞こえた。咏子は手のひらの痛みを忘れた。翔琉の苦痛が伝わってきたからだ。それは、現実に血を流している傷より、ずっと強い痛みだった。重い疼《うず》きだ。頭の隅に閃光《せんこう》が走る。

まさか。

口の中の唾を呑み込む。咏子の喉も不鮮明な呻きを発した。

翔琉くんは、ネット上のデマの消去なんかをずっとやってくれた。

桃子はそう言った。確かに、言った。翔琉は『モトユイ』の中で、誹謗中傷のデマと向き合っていたのだ。だとしたら……。

窓の傍に、丈史の机がある。ノートパソコンが開いている。蒼《あお》く白く発光しているように、咏子には見えた。立ち上がる。翔琉が息を吸い込んだ。

「母さん」。いつもよりずっと幼い声で母を呼び、腕にすがる。

「母さん、母さんは関係ないよ。もう、いいから」

「……関係ない？　何が関係ないのよ。何がもういいのよ、翔琉」

どんな眼つきになっていたのだろう。翔琉は咏子の腕を放し、目を伏せた。軽くなった腕をだらりと下げ、もう一歩、前に出る。

「咏子」

今度は、丈史が呼ぶ。机と咏子の間に立ち、かぶりを振った。

「翔琉の言う通りだ。きみには関係ないことだ。下におりてろ」

翔琉のこぶしが当たったのか、唇の端が赤く腫《は》れていた。

「関係ない、関係ない、関係ない。じゃあ、わたしに関係あるのは何よ。ご飯を作ることなの。掃除して、洗濯することなの。何にも知らない振りして笑ってることなの。あなたが何をやったのか、何をやってるのか知らなくてもいいわけ」

丈史の背後でパソコンがさらに蒼く光を増す。膨れ上がった光に包まれてしまう。

幻だ。咏子は奥歯を噛み締めた。

　幻の光が消える。目の前の男を見上げる。血の気のない顔の中で、唇の端だけが毒々しいほど赤い。表情が強張っているせいか奇妙な面を付けているように見えてしまう。

「あなた、まさか……まさか、そんなこと……」

　不意に、丈史が笑った。口が横に広がり、歯がちらりと覗いたのだ。

「おいおい、いい加減にしてくれ。二人とも、何でそこまで騒ぐんだ」

　腫れた唇を指先で拭い、もう一度、笑う。

「嘘でしょ」

　二十年近く一緒に生きてきた男の顔が、見知らぬものになる。「嘘でしょ」。繰り返し、咏子は丈史ではなく翔琉を見た。

　立ち上がった息子は、一度、固く閉じた目を開いた。そして、ぼそぼそとしゃべり始める。聞き取りにくいほど掠れた、低い声だった。

「……たまたま、だったんだ。前に、親父のパソコンを見たことがあって……盗み見とかしたわけじゃない。貰ったパソコンの操作で尋ねたいことがあったから部屋にいるかもって思って……。そしたら、いなくて、あのパソコンだけが開いてた」

　翔琉は机に向かって、顎をしゃくった。躊躇《ためら》いがちではあるが、ちゃんと話そうとする意志が伝わってくる。

「だから、ちらっと覗いたんだ。そのときは、誰かと何かのやりとりをしているぐらいしかわからなかったんだ。だけど、何だか気になって……気になって仕方ないから……親父が、パソコンをつけたまま部屋から出ていった隙に覗いてた。そんな隙、滅多になかったけど……でも、ある日、『モトユイ』ってワードが見えて、『犯罪者』とか『潰せ』とかも……」

咏子は息を吸い込んだ。翔琉も息を整えるように深呼吸をした。

「おい、翔琉、つまらないことをあれこれしゃべるな」

詰め寄ろうとする丈史を咏子は身振りで止めた。今日、聞いたばかりの桃子の言葉が耳の奥で響く。

この子は何を必死に確かめようとしているんだろうか。

「翔琉、もしかして、あなたが『モトユイ』を訪ねたのは、お父さんがヘイトをしていると疑って、あの、それを確かめたくて……いえ、自分の思い違いだって、確かめたくて……」

最後まで言えなかった。言葉が出てこない。

翔琉は観念したかのように、頭を垂れた。

「『モトユイ』の活動に興味があったのは本当だよ。これからも続けたいって本気で思ってる。みんなの役に立ちたくて、ヘイトスピーチ、チェックしてたのも本当だ。酷《ひど》いのはいっぱいあった。てか、それしかなかった。『死ね』とか『抹殺してやる』とか『火をつける』とか、もっと酷いのもあって……気持ちが悪くなるくらいだった」

頷く。相手を嘲《あざけ》り、罵《ののし》るだけの言葉は気味が悪い。グロテスクだ。

「でも、引っ掛かったのはそういうのじゃなくて、『正規のルートで入国してきた人々以外は、理由はどうあれ、みな、犯罪者になる』『まさに法を犯した存在だ』、そんな書き込みだったんだ。それを見たとき、以前にも見たことあるって思った。もしかしたらって。間違いないのかって……やっぱり、そうなのかって……」

咏子は振り返り、濃灰色のパソコンに目をやった。画面は既に光を失い、黒一色に塗り潰されている。

「お父さんが誰かとしていたやりとりと、同じだったのね」

抑揚のない、妙に平べったい口調になっていた。自分のものとは信じられない。

返事はなかった。

「まさかと思った。どうしても信じられなかったんだね。だから、お父さんのパソコンを調べようとした」

調べてみた。そうしたら、そうしたら……。

「パスワード、わかんないから調べようがなかった。でも、部屋に飛び込んできた親父の顔、見たら、全部、わかった。ああ、そうなんだってわかった。そしたら……『モトユイ』のみんなの顔が、モモさんやミキさんやリィエの顔が浮かんで、頭の中が真っ白に……」

束の間、咏子は目を閉じた。はにかんだリィエの笑顔、それを見守る桃子の表情、赤ん坊を抱いたリィエの母の生気のない横顔。そんなものが、眼裏で点滅する。頭は……真っ白にはならない。むしろ、『モトユイ』で知り合った人々の姿で溢《あふ》れそうだ。目を開け、視線を丈史に移す。やはり、感情の読み取れない顔付きのままだった。

この人は誰？

背中が冷えていく。首のあたりも寒い。風邪を引きそうだ。

「違うわよね。まさか、そんなことしてないわよね。何かの間違い、そうでしょ」

「そんなことっていうのは、どんなことだ」

「え？」

「きみから、そんな眼で見られるようなこと何もしていないつもりだけどな」

何もしていない。その一言に安堵する。

ほら、やっぱり。何もしていなかったんだ。間違いだったんだ。よかった。

「おれは、真実をコメントしただけだ。日本には日本の法律がある。それに則《のっと》って暮らしている人たちなら、何の問題もないさ。そうだろ？」

「法律って……」

「日本に在留する外国人の管理は入管法で決められてるんだ。そこから、はみ出してまで滞在するのは法律違反じゃないか。難民保護なんていっても、難民と認定されなければただの不法滞在者だ。そういう者たちを集めて支援するなんて、犯罪者の集団を作ってるようなものじゃないか。いや、それは言い過ぎかもしれないが、そういう中から犯罪が生まれ易くなってるのは事実だ。この前の『スカイブルー』や図書館の騒ぎだって」

「あの犯人は捕まったわ。日本人だったわよ。あなたやわたしと同じ、日本人だった」

こぶしを握っていた。血に濡《ぬ》れた指先がぬるりと滑る。

「知ってるよ」

「それなら、謝るべきでしょ。何の罪もない人たちを、外国人というだけで犯人扱いしたのなら、謝らなくちゃいけないでしょ。ネットに根拠のない誹謗中傷を流した人は、みんな謝って、罪を償わなきゃいけないはずよ」

「何を言ってるんだ。だから、そんな風に疑われるのは不法に滞在している者が集まっているからじゃないか。しかも、かなりの数だ。咏子、子どもたちの安全を考えろ。おれたちは、子どもらを守らなきゃならないんだ。守る義務がある」

何を言ってるの？　子どもを守ることと『モトユイ』を攻撃することがどう繋がる

の？　わからない、この人の言葉が理解できない。どうしよう、何にもわからない。何を言ってるんだ。何を言ってるの。

同じ言葉が行き交うだけで、ぶつかり合うだけで、何一つ、染みてこない。何一つ、明らかにならない。

詠子は軽い眩暈《めまい》を覚えた。

「ふざけんな」

耳元で叫びが弾ける。翔琉が父親に飛び掛かろうとする。

「止めて、駄目」

詠子は翔琉の腰を抱えるようにして、動きを抑えた。

「好き勝手なこと言うな。親父や親父の仲間にどんだけのことがわかってんだよ。何にも知りもしないで、ちゃんと知ろうともしないで、それで、それで」

「じゃあ、おまえは本当のことを知ってるのか」

丈史の物言いは静かで、穏やかにさえ感じられる。

「日本人の雇用が外国人たちに奪われようとしているんだ。日本人がどんどん人員整理されているのに、外国の人間の面倒を見る余裕がどこにある。ふざけるなと叫びたいのはこっちだ。おれがどんな思いで……」

「親父の仕事が大変なのは、会社や国の問題だろう。『モトユイ』とは、何の関係もねえだろうが」

そうだ、関係ない。丈史の辛さや苦労を思えば心が絞り上げられるようだ。もっと早く気付くべきだった。でも、その辛さ、その苦労は『モトユイ』とも『モトユイ』に集う人々とも、クエたちとも無関係だ。

「おまえたちは何もわかっていない。雇用の問題だけじゃないんだぞ」

穏やかな口調のまま、丈史は言った。

「この数年、外国人による犯罪件数が増え続けていること、凶悪化していること、犠牲になった日本人の中には子どももかなり含まれていること。そういう諸々をちゃんと知った上で大口を叩いてるのか」

「それどこからの情報だよ。真実かどうか親父が確かめたのか。報道されるニュースだけ見て、仲間内で勝手に作り上げた話じゃないのかよ」

翔琉の指摘は図星だったのか、丈史が唇を結んだ。

「どこの国だって、悪いやつも善い人もいるだろうが。他所《よそ》の国で犯罪者になった日本人だっているだろうが。だからって、日本人全部が悪いって決めつけられたらどうすんだよ。出て行けと罵られたら、どんな気持ちになるんだよ」

「屁《へ》理屈を言うな。おまえは、すっかり毒されてしまったようだな。翔琉、もう二度と難民支援組織なんかに近づくな。おまえのような世間知らず、いいように利用されるだけだ。それこそ、犯罪に巻き込まれでもしたら大ごとだぞ」

「あなた『モトユイ』は犯罪なんかとは無縁の所で」

「うるさい。もう、いい」

丈史はノートパソコンを腋《わき》に抱え、咏子の横をすり抜けようとした。

「待って、待ってよ」

半袖から覗いた腕を掴む。肘《ひじ》の上が血で汚れる。

「お願い、逢ってみて」

「はあ?」

「『モトユイ』にいる人たちに逢ってみて。一度だけでも、ちゃんと話をしてみてよ」

クエさんにも逢ってもらいたい。リィエにも逢ってもらいたい。技能実習生、難民、不法滞在者、ガイコクジン……どんな呼び方をされても、クエさんはクエさん、リィエはリィエなの。優しくて、一生懸命で、弱くて、でも、もしかしたら逞《たくま》しくて、図々《ずうずう》しくて、狡《ずる》い一面もあるかもしれない。わたしやあなたがそうであるように、いろんな面を持ってさまざまな事情を背負っている。そんな人間なのよ。

逢ったらわかるから。あなたなら、わかってくれるから。だから、生身のクエさんにリィエに向き合ってみて。

告げたい想いは頭の中で鳴り響いている。なのに言葉にならない。上手くしゃべれない。もどかしい。

「馬鹿馬鹿しい。母子揃って毒されてしまって」

腕を払い、丈史が出て行く。ドアの前で、紗希が身を竦めた。それらがとてつもなく大切なものであるかのように、救急箱とペットボトルを抱き締めている。

階段を下りる足音に続いて、玄関の扉が開き、閉じる音が響いた。


「親父……逃げたんだ」

翔琉の息が荒い。頰を汗が伝っている。

「わかってんだよ。自分たちが間違ってるって。わかってんだ」

「自分たちって」

「親父がはまってるサイト。そこ、酷《ひで》えんだ。不法滞在者は見つけしだい処分してもいいはずだなんて、それくらいしないと国は守れないなんて……無茶苦茶な発言ばっかしで……。でも、けっこう盛り上がってて、何て言うのか、誰も彼も楽しそうなんだ。信じられないけど、楽しくてたまんないって雰囲気なんだ。でもきっと、親父はわかってんだと思う。これはおかしいって、間違ってるって。なのに、抜け出せなくて……。楽しいから抜け出したくないのかどうか、わかんないけど。あ、傷、手当てしないと」

「平気よ。もう、血は止まりそうだから」

翔琉は紗希から受け取ったペットボトルの蓋《ふた》を開ける。屈《かが》み込み、咏子の手のひらに水を打《ぶ》ちまけた。勢いよく流れ出た水がカーペットの上に散って、染み込んでいく。

「ちょっ、ちょっと、翔琉。駄目よ、床がびしょびしょになっちゃう」

「平気じゃないよ」

「え？」

「母さんはいつでも、平気だって言うけど平気じゃないんだ。早めにちゃんと手当てをしないと、膿《う》むことだってあるんじゃね」

「翔琉、それは……」

「平気、平気、何でもないって、それじゃどうにもなんねーよ」

傷は小さく歪な三角の形をしていた。

翔琉が腰を上げる。

「腹減った。飯にしていい？」

「あ、ええ」

翔琉が背を向ける。咏子の視界から消えていく。

「ママ……」

紗希がタオルを差し出す。真新しいハンドタオルだ。

「ありがとう」

受け取り、改めて傷を見る。小さく歪な三角形の傷。水が染みて疼く。

平気じゃない。平気だ、何でもないと放っておいてはいけない。見て見ぬ振りをし続けていたら、傷口は広がってしまう。

でも、どうしたらいいんだろう。

咏子は目を閉じた。凍えるようだ。カーペットに染みた水から冷気がほとばしっているみたいだ。

「あ、お兄ちゃん、カレーを焦がしてる」

紗希が階下に下りていく。確かに、焦げたカレーの匂いが漂ってきた。

「お兄ちゃん、火が強すぎるんだよ。弱火にして」

「わかってるよ。うるせえな」

「もう、カレーも温められないなんて、サイテー」

「うるせえったら。ほら、これで全然オッケーだろうが。皿に盛るから、母さんも呼んで来い。あ、チロにも餌やらなくちゃ。紗希、頼む」

「わかった。あの、お兄ちゃん……」

兄妹のやりとりが聞こえる。紗希が言い淀んだのは、父親を案じる言葉だろうか。

翔琉の返答は耳に届いてこなかった。

紗希も翔琉も、特に翔琉は心内に渦まく動揺を必死に抑えているはずだ。抑えて、いつも通りに振る舞おうとしている。

わたしは……わたしはどうすべきだろう。

咏子は立ち上がる。

窓の外に目をやる。

空はすでに茄子紺の色だ。薄くたなびく雲が辛うじて、見て取れる。その合間で星が二つ、煌《きら》めいていた。

エピローグ

「三上さん、おはよう。あれ、どうしたの？　その手」

ロッカールームで久美子が声を掛けてきた。視線が、咏子の包帯を巻いた手に注がれる。

「うん、ちょっと、怪我しちゃった」

「あらま。針、使えるの」

「それは大丈夫。問題なしよ」

「そっか。いいね、三上さんはいつも問題なしで」

ため息を一つ吐いて、久美子はデニムのエプロンを身に着けた。

問題はある。丈史は昨夜《ゆうべ》、帰ってこなかった。スマホも繋《つな》がらなかった。何かあったとは思わないが、顔を合わせたとき、何を伝えたいのか、尋ねたいのか、どう振る舞えばいいのかまだ答えが見つからない。いや、まだ覚悟ができていない。

でも、逃げない。逃げないで、伝える。

あなた、帰ってきて。こちらに帰ってきて。傷つけるだけの人たちの側にいないで。帰ってきて。いいえ、連れ戻す。わたしが連れ戻す。

眠れない一夜、思案を続け、それだけは心に決めた。

「ねえ、知ってる？　やっぱ、あれ本当かもよ」

久美子が声を潜めた。

「あれ？」

「うん。パートを解雇するって話。噂じゃなくて、本当みたい。しかも、かなりの数。かなり経営が苦しいんだって。まあ、ほとんどがそうだよね。儲《もう》かってるとこなんて、ほんの一握り。で、うちも本格的に人員削減っての、やるらしいよ」

「そんな……」

「みんな、自分がリストラされるかもって、どよーんとしてる。あたしも、そう。パート代が入らなくなったら、ほんと、困るんだ」

久美子がため息を吐き出した。重くて湿っている。

「パート解雇する前に技能実習生をクビにしちゃえばいいのにって、言ってる人もいる」

咏子は真正面から久美子の丸顔を見詰めた。

「蔵吉さんも、そう思ってるの」

久美子は暫《しばら》く間を空け、かぶりを振った。

「思わない。あたし、クエさんたち好きだよ。みんな真面目で一生懸命だもの」

「うん。ほんとね」

首肯する。久美子が少しだけ微笑んだ。その笑みはすぐに消えて、また、ため息が零《こぼ》れた。

「でも、困るなあ。クビになったらどうしよう。すごい、怖い」

「ミカミさん」

廊下からクエが呼んだ。目が合うと微笑み、頭を下げる。

「考えようよ、蔵吉さん」

「うん？」

「どうしたらパートを続けられるか、一緒に考えよう」

「考えたら、何か解決する？」

「わからない。でも、考えてみようよ。笹川さんとも相談しよう」

「うん。だね……」

久美子が三度目の吐息を漏らす。咏子はエプロンの紐《ひも》を固く結んだ。

クエに向かって歩き出す。

開け放した廊下の窓から、光をまとった風が吹き込んできた。

解　説

町田《まちだ》そのこ（作家）

人口百万を超す地方都市で生きる三上詠子《みかみえいこ》は、夫の丈史《たけふみ》と高校生の息子翔琉《かける》、小学生の娘紗希《さき》と猫のチロの四人と一匹暮らしだ。四十歳を目前とした彼女は、縫製工場でパートとして働いている。

作中はコロナ禍にある。不安と息苦しさが停滞している世の中で、詠子はいくつもの悩みを抱えている。肥満傾向にある紗希の食事管理、家庭内のことを妻に任せきりの夫への不満、そして反抗期を迎えている翔琉との向き合い方。詠子は、笑顔が絶えない愛情豊かな家庭にしたいのに、なかなかうまくいかない。詠子には、両親から虐待を受けて育った過去がある。家庭に恵まれなかったからこそ、しあわせな家庭を追い求めているのだ。また、それらを相談できるような心安い友がいないことも悩みのひとつである。

理想の家庭像がある詠子はいい母でありいい妻であることを心掛け、公正であろうと努めているが、完璧《かんぺき》ではない。生真面目すぎて融通が利かなかったり、子どもと接する中で過去がフラッシュバックして引きずられたりする。その結果、紗希は咏子の顔色を窺《うかが》うし、翔琉は咏子のやり方にキレる。夫は咏子の手の回らなさを指摘するか、知らん顔を決め込む始末。ちっとも、うまくいかない。わたしは、境遇こそ大きく違えど共感に似た思いを覚えながらページを捲《めく》った。自分の頑張りが報われない虚《むな》しさを感じたことのないひとなど、いないはずだ。家族という確かな繋《つな》がりのあるコミュニティであっても、互いの歯車ががっちり嚙《か》み合いスムーズに回ることは難しいものなのだ。きっと、どの家庭でも同じようなやり取りがあるはずだ。咏子は、この日本のどこにでもいるであろう女性で、何ら特殊ではない。

その咏子の平凡な日々が、ある日様相を変える。

咏子や家族も利用する商業施設で、爆破事件が起きたのだ。毎日心穏やかに眺めていた景色に不穏な煙が立ち上るのを見て、咏子はぞっとする。しかも、爆破事件はまた起きる。その規模は小さいものだったが、人々に不安は広がってゆき、不安は外国人技能実習生たちへの誹謗《ひぼう》中傷へと変貌《へんぼう》していく。それだけに留《とど》まらず、咏子のパート先のベトナムからの技能実習生たちが一方的な暴力を受けてしまうのだった。

咏子の目線から、さまざまな違和感が描かれる。外国人労働者に対する偏見や差別、非正規雇用問題。共に生きている、同じ人間であるのに、きっぱりと存在している断絶に咏子は戸惑う。自分の見ていた、身を置いていた世界は、こんなにも辛辣《しんらつ》で残酷だったのか。

　また、紗希のクラスメートの母親で、PTA活動を通じて知り合った吉澤桃子《よしざわももこ》と関わりを深くしていく中で、咏子は難民問題も知る。桃子は難民支援団体で活動していたのだ。咏子の見ていた世界が変わる——いや、世界を見る目が次第に変わっていく。

　読んでいくうちに、体温がすっと下がっていくのを感じた。咏子のことを、この日本のどこにでもいる自分にも近い感覚の女性だと思っていた。どこにでも息づいている日常の話だと感じていた。だからこそ、咏子の受ける衝撃があまりにもリアルに迫ってくる。咏子が知っていく世界はわたしにとってもあまりにも無慈悲で残酷で、だから咏子と共に立ち尽くしてしまう。

　作中、翔琉が咏子に言う。

「母さん、テロってのはいつどこで起こっても、誰が起こしても不思議じゃないんだぜ」

　この言葉がひたひたと心に迫ってくる。問いかけてくる。自分の平和が突如奪われるはずなどない。あなたもそう思っていただろう？　と言わんばかりに。

　そして、その言葉を投げかけてきた翔琉が、話が進むにつれて疑惑のひとになっていく。爆破事件に関わっているのか、あるいは外国人技能実習生に対して高まる一方のヘイトを扇動しているのか。咏子は母として「ありえない」と信じようとしつつも、

「まさか」を感じてしまう。

タイトルの『彼女が知らない隣人たち』が、次第に色を濃くしてゆく。

隣人とは、隣で生きるひとのことだ。もっとも身近な隣人——家族であっても、何を考え、何を誇りとし何を正義としてどう行動しているか正しくは分からない。日々の他愛ない歯車すら合わせることが難しいのだから、それは当然なのかもしれない。

しかし、傍に生きるひとのことを『知らない』『分からない』と気付くのはとても恐ろしいことだ。自分の立っている場所があやふやになってしまったような頼りなさを覚える。世界が不安定になっていれば、なおさらのことであろう。不安に駆られて、ひとは恐怖を膨らませ、嫌悪を抱き、敵視してしまうのだ。そこから、さまざまな問題が生まれていく。

作者のあさのあつこ氏の視線は、どこまでも冷静だ。足元が崩れそうになっている咏子に、我々読者に、「どうする?」と静かに問い続けてくる。『知らない』ことを『知った』あなたはどう行動していくの?　と。

だからこの物語は『めでたしめでたし』では終わらない。はっきりとした『こう』という行動も書かれていない。それは読み終わったわたしたち読者全員に課せられたものなのだ。

わたしは、ひとは寄り添い支え合って生きていかなければならないと思う。苦しい寂しい辛《つら》い、そういう思いを伝える相手がいて、伝えてもらえる自分でありたいと願っている。

そして、苦しみだけでなく、しあわせも伝えてもらいたい。どう生きるのが一番心穏やかなのか、教えてもらいたい。わたしも伝えて、互いを思いやって生きていく。

それが、共に生きることだと思う。

ラスト、咏子が「怖い」とため息を吐くパート仲間の久美子《くみこ》に言う。

「一緒に考えよう」

わたしたちは互いを思い合って共に考えることができる。知らない部分を埋め合うことができる。その時間こそが、すべての始まりではないだろうか。

あさのさん、これがわたしの答えです。いかがでしょうか？

本書は、二〇二二年三月に小社より刊行された
単行本を加筆修正のうえ、文庫化したものです。

彼女《かのじょ》が知《し》らない隣人《りんじん》たち

あさのあつこ

令和6年 11月25日　初版発行

発行者●山下直久

発行●株式会社KADOKAWA
〒102-8177　東京都千代田区富士見2-13-3
電話　0570-002-301（ナビダイヤル）

角川文庫 24401

印刷所●株式会社暁印刷
製本所●本間製本株式会社

表紙画●和田三造

◎本書の無断複製（コピー、スキャン、デジタル化等）並びに無断複製物の譲渡および配信は、著作権法上での例外を除き禁じられています。また、本書を代行業者等の第三者に依頼して複製する行為は、たとえ個人や家庭内での利用であっても一切認められておりません。
◎定価はカバーに表示してあります。

●お問い合わせ
https://www.kadokawa.co.jp/（「お問い合わせ」へお進みください）
※内容によっては、お答えできない場合があります。
※サポートは日本国内のみとさせていただきます。
※Japanese text only

©Atsuko Asano 2022, 2024　Printed in Japan

ISBN 978-4-04-115142-6　C0193

◇◇◇

角川文庫発刊に際して

角川源義

第二次世界大戦の敗北は、軍事力の敗北であった以上に、私たちの若い文化力の敗退であった。私たちの文化が戦争に対して如何に無力であり、単なるあだ花に過ぎなかったかを、私たちは身を以て体験し痛感した。西洋近代文化の摂取にとって、明治以後八十年の歳月は決して短かすぎたとは言えない。にもかかわらず、近代文化の伝統を確立し、自由な批判と柔軟な良識に富む文化層として自らを形成することに私たちは失敗して来た。そしてこれは、各層への文化の普及滲透を任務とする出版人の責任でもあった。

一九四五年以来、私たちは再び振出しに戻り、第一歩から踏み出すことを余儀なくされた。これは大きな不幸ではあるが、反面、これまでの混沌・未熟・歪曲の中にあった我が国の文化に秩序と確たる基礎を齎らすためには絶好の機会でもある。角川書店は、このような祖国の文化的危機にあたり、微力をも顧みず再建の礎石たるべき抱負と決意とをもって出発したが、ここに創立以来の念願を果すべく角川文庫を発刊する。これまで刊行されたあらゆる全集叢書文庫類の長所と短所とを検討し、古今東西の不朽の典籍を、良心的編集のもとに、廉価に、そして書架にふさわしい美本として、多くのひとびとに提供しようとする。しかし私たちは徒らに百科全書的な知識のジレッタントを作ることを目的とせず、あくまで祖国の文化に秩序と再建への道を示し、この文庫を角川書店の栄ある事業として、今後永久に継続発展せしめ、学芸と教養との殿堂として大成せんことを期したい。多くの読書子の愛情ある忠言と支持とによって、この希望と抱負とを完遂せしめられんことを願う。

一九四九年五月三日

角川文庫ベストセラー

バッテリー　全六巻　あさのあつこ

中学入学直前の春、岡山県の県境の町に引っ越してきた巧。ピッチャーとしての自分の才能を信じ切る彼の前に、同級生の豪が現れ!?　二人なら「最高のバッテリー」になれる！　世代を超えるベストセラー!!

ラスト・イニング　あさのあつこ

大人気シリーズ「バッテリー」屈指の人気キャラクター・瑞垣の目を通して語られる、彼らのその後の物語。新田東中と横手二中。運命の試合が再開された！　ファン必携の一冊！

福音の少年　あさのあつこ

小さな地方都市で起きた、アパートの全焼火事。そこから焼死体で発見された少女をめぐって、明帆と陽、ふたりの少年の絆と闇が紡がれはじめる――。あさのあつこ渾身の物語が、いよいよ文庫で登場!!

晩夏のプレイボール　あさのあつこ

「野球っておもしろいんだ」――甲子園常連の強豪高校でなくても、自分の夢を友に託すことになっても、女の子であっても、いくつになっても、関係ない……野球を愛する者、それぞれの夏の甲子園を描く短編集。

ヴィヴァーチェ　紅色のエイ　あさのあつこ

近未来の地球。最下層地区に暮らす聡明な少年ヤンと親友ゴドは宇宙船乗組員を夢見る。だが、城に連れ去られた妹を追ったヤンだけが、伝説のヴィヴァーチェ号に瓜二つの宇宙船で飛び立ってしまい…!?

角川文庫ベストセラー

ヴィヴァーチェ
宇宙へ地球へ
あさのあつこ

地球を飛び出したヤンは、自らを王女と名乗る少女ウラと忠実な護衛兵士スオウに出会う。彼らが強制した船の行き先は、海賊船となったヴィヴァーチェ号が輸送船を襲った地点。そこに突如、謎の船が現れ!?

グラウンドの空
あさのあつこ

甲子園に魅せられ地元の小さな中学校で野球を始めたキャッチャーの瑞希。ある日、ピッチャーとしてずば抜けた才能をもつ透哉が転校してくる。だが彼は心に傷を負っていて——。少年達の鮮烈な青春野球小説!

グラウンドの詩《うた》
あさのあつこ

心を閉ざしていたピッチャー・透哉とバッテリーを組む瑞希。互いを信じて練習に励み、ついに全国大会への出場が決まるが、野球部で新たな問題が起き……中学球児たちの心震える青春野球小説、第2弾!

かんかん橋を渡ったら
あさのあつこ

中国山地を流れる山川に架かる「かんかん橋」の先には、かつて温泉街として賑わった町・津雲がある。そこで暮らす女性達は現実とぶつかりながらも、精一杯生きていた。絆と想いに胸が熱くなる長編作品。

かんかん橋の向こう側
あさのあつこ

常連客でにぎわう食堂『ののや』に、訳ありげな青年が現れる。ネットで話題になっている小説の舞台が『ののや』だというが? 小さな食堂を舞台に、精いっぱい生きる人々の絆と少女の成長を描いた作品長編。

角川文庫ベストセラー

ミヤマ物語
第一部 二つの世界 二人の少年
あさのあつこ

いじめから登校拒否になった孤独な少年透流と、別次元で展開される厳しい階級社会の最下層を生きる少年ハギ。二つの世界がつながって新たな友情が奇跡を起こす！

ミヤマ物語
第二部 結界の森へ
あさのあつこ

牢から母を逃がし兵から追われたハギは、森の中で透流に救われる。怯えていたハギは介抱されるうちに少しずつ心を開き、自分たちの世界の話を始める。2人の少年がつむぐファンタジー大作、第二部。

ミヤマ物語
第三部 偽りの支配者
あさのあつこ

亡き父の故郷雲濡で、透流はもう一つの世界ウンヌから来た少年ハギと出会う。ハギとの友情をかけて、透流は謎の統治者ミドと対峙することになる。ファンタジー大作、完結編！

敗者たちの季節
あさのあつこ

甲子園の初出場をかけた地方大会決勝で敗れ、海藤高校野球部の夏は終わった。悔しさをかみしめる投手直登のもとに、優勝した東祥学園の甲子園出場辞退という、思わぬ報せが届く……胸を打つ青春野球小説。

The MANZAI
十五歳の章 (上)(下)
あさのあつこ

中学二年の秋、転校生の歩はクラスメートの秋本に呼び出され突然の告白を受ける。「おれとつきおうてくれ！」しかし、その意味はまったく意外なものだった。漫才コンビを組んだ2人の中学生の青春ストーリー。

角川文庫ベストセラー

The MANZAI 十六歳の章　あさのあつこ

あさのあつこの大ヒットシリーズ「The MANZAI」の高校生編。主人公・歩の成長した姿で、繊細かつユーモラスに描いた青春を文庫オリジナルで。待望の書き下ろしで登場！

薫風ただなか　あさのあつこ

江戸時代後期、十五万石を超える富裕な石久藩。鳥羽新吾は上士の息子でありながら、藩学から庶民も通う郷校「薫風館」に転学し、仲間たちと切磋琢磨しつつ勉学に励んでいた。そこに、藩主暗殺が絡んだ陰謀が。

烈風ただなか　あさのあつこ

石久藩の藩学と郷校の間でかつての学友が惨殺され自裁するという、陰惨な事件から2年が経った。新吾は元服を迎え親友らもそれぞれの道に進もうとしていた。しかし、再び不穏な風が……。

緋色の稜線　あさのあつこ

行きずりの女を殺してしまった吉行は、車で逃げる山中で不思議な少年と幼女に出会う。成り行きから途中まで車に乗せてやることにするが……過去の記憶が苛む、サスペンス・ミステリ。

藤色の記憶　あさのあつこ

心中間際に心変わりをした恋人によって、土の中に埋められてしまった優枝。掘り起こし救い出してくれたのは白兎と名乗る不思議な少年だった。大人の女のサスペンス・ミステリ！

角川文庫ベストセラー

藍の夜明け　あさのあつこ

高校生の爾（みつる）は、怖ろしい夢を見た翌朝に起きる異変に悩まされていた。指に捲きついた長い髪の毛、全身にまとわりつく血の臭い。そして、悪夢の夜には必ず、近所で通り魔殺人事件が発生していた。

白磁の薔薇　あさのあつこ

山の中腹に建つ豪奢なホスピス。入居者は余命短い富裕層ばかりだった。ある夜、冬の嵐による土砂崩れでホスピスは孤立してしまう。恐慌の中、看護師長の千香子は普段通りのケアに努めるが、殺人事件が起きて！

明日へつながる5つの物語　あさのあつこ

がんの告知を受けた父親と結婚を控えた娘。偉大な父の後を継いだ藩主の苦悩。カレシの突然の告白に驚く高校生他、企業や地方PR等に向け書き下ろした5つの多彩な人生をまとめた、珠玉の作品集。

ロマンス小説の七日間　三浦しをん

海外ロマンス小説の翻訳を生業とするあかりは、現実にはさえない彼氏と半同棲中の27歳。そんな中ヒストリカル・ロマンス小説の翻訳を引き受ける。最初は内容と現実とのギャップにめまいものだったが……。

月魚　三浦しをん

『無窮堂』は古書業界では名の知れた老舗。その三代目に当たる真志喜と「せどり屋」と呼ばれるやくざ者の父を持つ太一は幼い頃から兄弟のように育つ。ある夏の午後に起きた事件が二人の関係を変えてしまう。

角川文庫ベストセラー

ののはな通信　三浦しをん

ののとはな。横浜の高校に通う2人の少女は、性格が正反対の親友同士。しかし、ののははなに友達以上の気持ちを抱いていた。幼い恋から始まる物語は、やがて大人となった2人の人生へと繫がって……。

DIVE《ダイブ》!!（上）（下）　森　絵　都

高さ10メートルから時速60キロで飛び込み、技の正確さと美しさを競うダイビング。赤字経営のクラブ存続の条件はなんとオリンピック出場だった。少年たちの長く熱い夏が始まる。小学館児童出版文化賞受賞作。

宇宙のみなしご　森　絵　都

真夜中の屋根のぼりは、陽子・リン姉弟のとっておきの秘密の遊びだった。不登校の陽子と誰にでも優しいリン。やがて、仲良しグループから外された少女、パソコンオタクの少年が加わり……。

ラン　森　絵　都

9年前、13歳の時に家族を事故で亡くした環は、ある日、仲良くなった自転車屋さんからもらったロードバイクに乗ったまま、異世界に紛れ込んでしまう。そこには死んだはずの家族が暮らしていた……。

リズム／ゴールド・フィッシュ　森　絵　都

中学1年生のさゆきは、いとこの真ちゃんが大好きだ。高校へ行かずに金髪頭でロックバンドの活動に打ち込む真ちゃんとずっと一緒にいたいのに、真ちゃんの両親の離婚話を耳にしてしまい……。